妖鳥魔獣物語

Yocho Maju Monogatari

廣嶋玲子 作
まくらくらま 絵

プロローグ

妖《あや》しいささやき、聞こえます。
毒《どく》の羽ばたき、聞こえます。
さらさら、こすれる鱗《うろこ》の音。
かちかち、ふれあう牙《きば》の音。
闇夜《やみよ》の獣《けもの》は不敵《ふてき》に笑い、
角持つ踊《おど》り子《こ》は月にほほえむ。

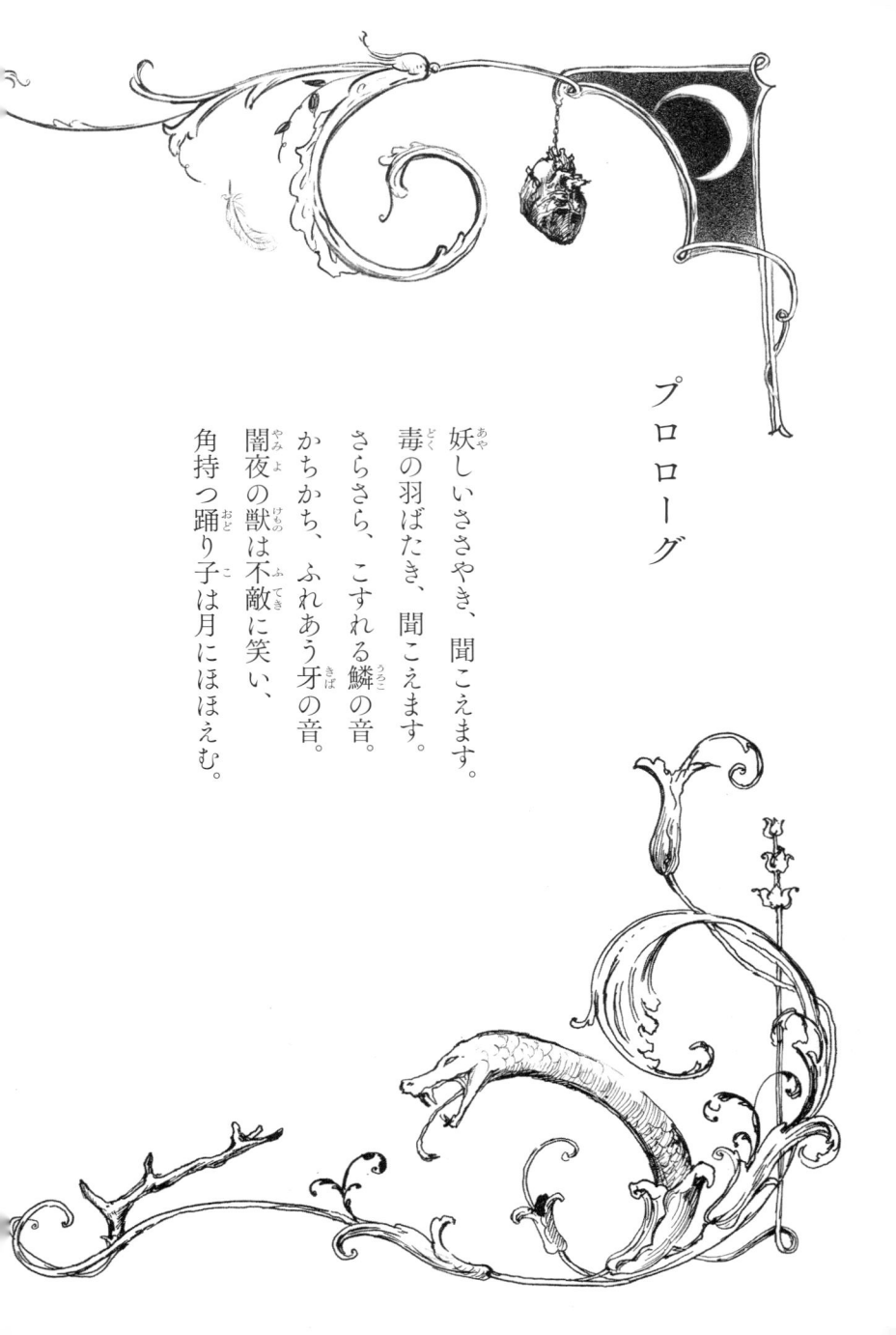

紡《つむ》ぎだされる物語は、
静かにあなたに忍《しの》びよる。
妖鳥《ようちょう》の翼《つばさ》、魔獣《まじゅう》の爪《つめ》に囚《とら》われるのは、
さて、だれになるでしょう？

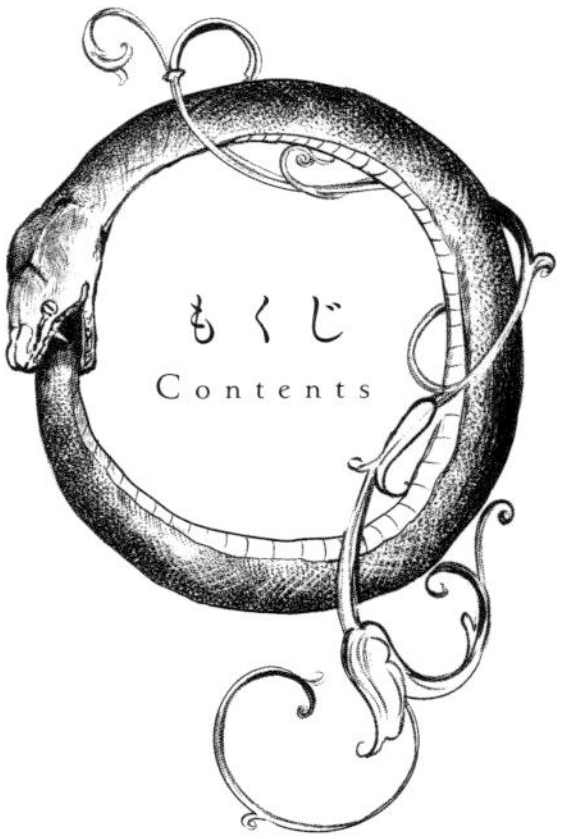

もくじ

Contents

王女とクジャク

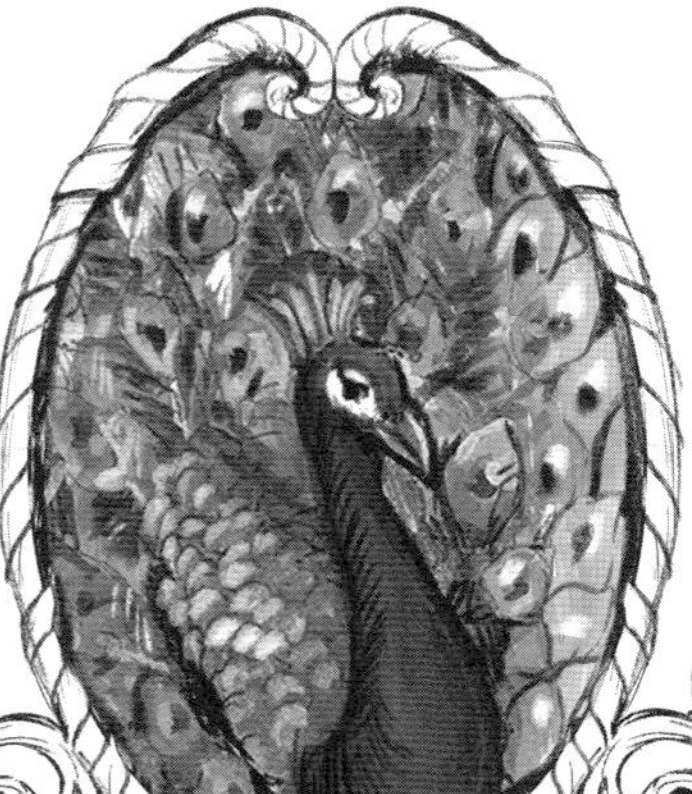

はるか昔、アッダーマという大きな国があった。もともとは小さな国だったのだが、武《ぶ》力《りょく》と戦術《せんじゅつ》に優《すぐ》れた王が生まれたことで、大きく変わった。数々の国や部族を滅《ほろ》ぼしては、徐々《じょじょ》に富と領土《りょうど》を広げていったのだ。

そんな好戦的なアッダーマ王には、娘《むすめ》が一人いた。名をクマラといい、歳《とし》は十二。

王はこのクマラを溺愛《できあい》しており、何不自由なく贅沢《ぜいたく》に育てていた。クマラは多くの奴隷《どれい》にかしずかれ、宝石《ほうせき》で身を飾《かざ》り、毎日をただ楽しみ、笑っていればよかった。

ある日のことだ。広く美しい庭園で、クマラはお気に入りの女奴隷スーキアと花摘《はなつ》みをしていた。

と、スーキアがふと言った。

「姫様《ひめさま》。この庭園にはアクテバクジャクはいないのですね」

クマラはスーキアを見返した。一年ほど前に宮殿《きゅうでん》に連れてこられたスーキアは、他の奴隷にはない上品さと美しさがあり、楽しい遊びや物語をたくさん知っている。だが、今日のようなおかしなことを言うのは、はじめてだ。

「変なことを言うのね、スーキア。クジャクなら、ほら、たくさんいるじゃないの」

この庭園には、クマラのために美しい生き物が集められている。当然ながら、クジャクもたくさんおり、今も、すぐ近くでクジャクが数羽、のんびりと餌《えさ》を食べていた。

だが、スーキアはほほえみながら、かぶりをふった。

「あれはふつうのクジャクです。私《わたし》が言っているのは、アクテバクジャクのことです」

「アクテバクジャク？」

「そう。それはそれは美しいクジャクなのですよ。ずっと遠くの南方の密林《みつりん》に棲《す》んでいて、めったなことでは姿《すがた》を見ることもかないません。ですが、私は見たことがあります。あの美しさは……ああ、目に焼きついています。あれに比《くら》べれば、ここにいるクジャクもみすぼらしいハゲワシと同じです」

「そんなにきれいなの？」

「ええ。体も、ふつうのクジャクより二回りも大きいのです。それになにより、その尾羽《おばね》は人の背丈《せたけ》の二倍もあります」

スーキアの言葉に、クマラは目を輝《かがや》かせた。

「私、アクテバクジャクがほしいわ。お父様に頼《たの》んで、連れてきてもらう。そして、この庭園に放つとするわ」

「それはむずかしいかもしれません。アクテバクジャクはとても気性《きしょう》が荒《あら》く、とくに雄《おす》は人を寄《よ》せつけませんから。ああ、でも、雄のヒナを手に入れて、姫様《ひめさま》の手でかわいがって育てれば、姫様だけには美しい羽を見せてくれるようになるかもしれませんね」

「わかったわ！　それじゃ、雄のヒナを手に入れてもらう！　大丈夫《だいじょうぶ》よ、スーキア。お父様は私《わたし》のお願いをなんでもかなえてくださるんだから」

クマラの言葉どおり、アッダーマ王は娘《むすめ》の願いをかなえた。

数月後、クマラのもとにアクテバクジャクのヒナが届《とど》けられたのだ。

生まれてひと月ほどだというヒナは、すでに猫《ねこ》ほども大きかった。警戒心《けいかいしん》も強く、甲高《かんだか》くわめきながら、籠《かご》の中で暴《あば》れるヒナを見て、クマラはがっかりした。

「なんてうるさくて凶暴《きょうぼう》なのかしら。それに全然きれいじゃないわ。灰色《はいいろ》じゃないの」

だが、スーキアは笑って言った。

「これはまだ子どもです。大人《おとな》になり、産毛《うぶげ》が抜《ぬ》ければ、信じられないほど美しくなりますよ。そのためにも、今はやさしく根気強く育てるのです。まずは少し飢《う》えさせ、弱らせましょう。おとなしくなってきたら、姫様の手で餌《えさ》をあたえるのです。そうしていけば、ヒナはあなたを慕《した》うようになるでしょう」

「わ、わかったわ」

スーキアに教えられながら、クマラはヒナを育て始めた。自分の部屋にヒナの入った籠を置き、籠ごしに餌をあたえ、できるだけやさしく話しかけてやった。

やがて、ヒナはクマラの顔を見ると、うれしげに声をあげるようになった。逆《ぎゃく》に、クマラが籠から遠ざかろうとすると、ちいちいと、悲しげな声をあげる。

もういいでしょうと、スーキアがうなずいた。

「これでヒナは姫様になつきました。もう籠から出してやっても大丈夫です」

「逃《に》げないってこと?」

「逃げるどころか、姫様のあとを追って、どこまでもついてきますよ」

そのとおりだった。籠から出してもらったヒナは、クマラのそばからはなれようとしなかったのだ。ぴたりとはりつき、クマラが歩けば、健気《けなげ》にそのあとを追ってくる。

クマラも、そんなヒナがかわいくてたまらなくなってきた。

「最初は醜《みにく》いし、世話をするのが大変だと思ったけれど……今は全然そうは思わないわ。決めた。おまえの名前はヴァルダにする。ずっとずっと愛してあげるわ、ヴァルダ」

「クゲーッ！」

ヴァルダはかしこく、クマラの言っていることを理解《りかい》しているようだった。

半年後には、ヴァルダは完全に成鳥となり、羽も生えかわった。灰色《はいいろ》の産毛《うぶげ》がどさどさと抜《ぬ》け落《お》ち、その下から現《あらわ》れた羽の美しさに、クマラは息をのんだ。

全身は目にも鮮《あざ》やかな瑠璃色《るりいろ》だった。頭に生えた冠羽《かんむりばね》は、まばゆい金と真紅《しんく》だ。

そして、その尾羽《おばね》ときたら。

はじめてヴァルダがその尾羽を広げてくれた日のことを、クマラは一生忘《わす》れないだろうと思った。

視界《しかい》をおおうほどに広げられた羽は、なんとも見事で美しかった。エメラルドのようにくっきりとした緑色の羽の先に、銀と紫《むらさき》の目玉模様《もよう》が輝《かがや》き、光の加減《かげん》によっては、金や青の光沢《こうたく》を放つ。まるでこの世のすべての宝石《ほうせき》が、この尾羽の中に集められて、ぬいつけられているかのようだ。

クマラは大喜《おおよろこ》びしながら、ヴァルダを抱《だ》きしめた。

「ヴァルダ、おまえはなんてきれいなのかしら！　これからも、私《わたし》だけにその羽を見せてね」

それからというもの、クマラはいっそうヴァルダを愛し、決して自分のそばからはなさなかった。愛らしい王女と世にも美しいクジャクが庭園を歩く姿《すがた》は、人々の賞賛《しょうさん》を集め、クマラは誇《ほこ》らしくてたまらなかった。

それから数年間は、おだやかで楽しい日がつづいた。自分だけに尾羽を広げて見せるヴァルダに、クマラは無邪気《むじゃき》に喜《よろこ》んでいた。

そして……。

ある日、クマラのもとに縁談《えんだん》が持ちこまれた。相手はゴーダッタ国の第二王子だという。ゴーダッタはアッダーマよりも大きくて強い国なので、クマラの父はぜひともこの縁談を進めたいと考えているらしい。

最初は乗り気ではなかったクマラだったが、届《とど》けられた王子の絵を見るなり、一変した。そこには、じつに整った顔立ちの若者《わかもの》が描《えが》かれていたのだ。

見とれるクマラに、スーキアがほほえみながら言った。

「とても美しい方ですね。その上、この王子様は弓の名手で、人食い虎《とら》を仕留《しと》めるほど勇《ゆう》敢《かん》だそうですよ。この方であれば、姫様《ひめさま》にふさわしいでしょう」

スーキアの言葉に、クマラはすっかりその気になってしまった。頭の中は王子のことでいっぱいで、ヴァルダが懸命《けんめい》に尾羽《おばね》を見せてきても、目障《めざわ》りに思えるほどだった。

「ちょっと、ヴァルダ。私《わたし》は考え事をしているんだから、少しおとなしくしてて。……あ あ、ゴーダッタ国の王子様。早くあなたに会いたいわ」

クマラはせつなくため息をついては、王子の絵をながめてばかりいた。

そうこうするうちに、ゴーダッタ国の王子がアッダーマ国に来ることが決まった。

王子がやってくる。自分に求婚《きゅうこん》するために来てくれる。

喜《よろこ》んだクマラは、指折り数えてその日を待った。

そして、とうとうその日がやってきた。

クマラはヴァルダの抜《ぬ》け落《お》ちた羽で作らせた特別な衣をまとい、エメラルドとルビーで髪《かみ》を飾《かざ》って、王子を出迎《でむか》えた。

実際《じっさい》に見るゴーダッタ国の第二王子は、絵の何倍も美しく気品があった。

クマラは一目で夢中《むちゅう》になり、思わずほほえみかけた。

そのときだ。

いつものごとくクマラのそばにいたヴァルダが、急に恐《おそ》ろしい声をあげて、矢のように前に飛びだしていった。そうして、第二王子におそいかかったのだ。あまりに突然《とつぜん》のことだったので、王子のそばにいた兵士《へいし》たちが槍《やり》をかまえる暇《ひま》すらなかった。

蛇《へび》やトカゲを捕《と》らえ、やすやすと引きさくヴァルダの蹴爪《けづめ》は、王子の柔《やわ》らかな喉《のど》を一気にえぐった。鮮血《せんけつ》が飛び散り、王子は声をあげることもできずに倒《たお》れた。

絶命《ぜつめい》した王子の上に乗りながら、ヴァルダはクマラのほうをふり返った。そして、誇《ほこ》らしげに尾羽を広げてきたのだ。

そのときのヴァルダは、その場にいるすべての人間の目を釘付《くぎづ》けにした。それほどにその姿《すがた》は美しかった。

だが、それは異様《いよう》であり、恐ろしい美しさでもあった。

見ていられないと、クマラは目を伏《ふ》せた。目の前で起きた出来事が信じられず、心も体

もしびれてしまっていた。

ヴァルダが王子様を殺《ころ》した。いつだって、私《わたし》の願いを聞いてくれたヴァルダが、私の愛《いと》しい王子様を……。ああ、どうして？　どうしてこんなことに？

混乱《こんらん》しているクマラに、女奴隷《おんなどれい》スーキアがそっと寄《よ》りそってきた。

「ああ、いけません、姫様《ひめさま》。お顔をあげて、ちゃんとヴァルダを見てあげてくださいな」

「ス、スーキア？」

「ヴァルダはアクテバクジャクの雄《おす》として、当然のことをしたのです。ほら、ごらんなさい。あの尾羽《おばね》を広げた姿《すがた》の、なんと雄々《おお》しいこと。ヴァルダは今、自分の最高の姿を愛しい姫様に見せているのですよ」

「最高の、姿……」

はいと、スーキアはうなずいた。なぜか彼女《かのじょ》はほほえんでいた。

「クジャクの雄が尾羽を広げるのは、求愛を意味します。姫様。ヴァルダはずっとあなたに恋《こい》していたのですよ。そうなるように、あなたがヴァルダを育てたから。他人にも他のクジャクにも近づけず、自分だけを見るように仕向けた。ヴァルダがあなたを、自分の花《はな》嫁《よめ》だと思いこんでしまったのも、無理のないことでしょう」
「そ、そんな……でも、私はそんなつもりではなかったわ。ヴァルダは私になついている
だけだと、ずっとそう思っていたのに」
青ざめるクマラに、スーキアはなんとも言えないまなざしを向けた。
「人間に恋した鳥は、もはや鳥ではない。それがアクテバクジャクともなれば、どんな災《わざわ》
いをもたらすことか。……もうおわかりですね、姫様。ヴァルダは正気を失ったわけでは
ありません。自分の花嫁を守るため、憎《にく》い恋敵《こいがたき》を殺しただけなのです」
このとき、ようやくアッダーマ王が我《われ》に返った。
「こ、この化け物鳥め！　なんてことを！　だれか！　クジャクを殺せ！」
アッダーマ王の命令に、兵士《へいし》たちがいっせいにヴァルダにおそいかかった。ヴァルダは
クマラのもとに飛んでこようとしたが、胸《むね》を槍《やり》で貫《つらぬ》かれ、最後はアッダーマ王の剣《つるぎ》によっ
て首をはねられた。
スーキアがふいに笑いだした。
「ああ、ああ、アッダーマ王！　無駄《むだ》なことでございますよ！　たとえ、あなたの手でク

ジャクの首をはねたとて、もう遅《おそ》い。あなたの娘《むすめ》の愛鳥が、ゴーダッタ国の王子を殺《あや》めた事実は変えられない。ゴーダッタ国王は怒《いか》り狂《くる》い、必ずや復讐《ふくしゅう》しに来ることでしょう！」

スーキアの言葉に、クマラはようやくのみこめてきた。

「そ、そうなるように、あなたが仕向けたんだわ！　だって、ヴァルダの育て方は全部、あなたが教えてくれたんだから！　あなたは、こ、こうなることを望んでいた。そうなんでしょ！」

「ふ、ふふふふ……」

気味の悪い笑《え》みを浮《う》かべるスーキアに、アッダーマ王は怒りで青ざめた顔をしながら剣《つるぎ》を向けた。

「貴様《きさま》！　奴隷《どれい》め！　姫《ひめ》にかわいがられた恩《おん》を忘《わす》れたか！」

「……恩？　恩などありはしませんよ。あるのは恨《うら》みと憎《にく》しみだけ」

すさまじい目で、スーキアは王を見返した。

「ダルシャ族をおぼえていますか、アッダーマの強欲《ごうよく》な王よ？　七年前に、あなたが滅《ほろ》ぼした南方の一族ですよ。私《わたし》はその姫《ひめ》スーキア！　死んでいった一族のために、私は今、ここに立っているのです！」

「ダルシャ族……スーキア……」

おどろいたように目を見張《みは》るアッダーマ王を憎々《にくにく》しげににらんだあと、スーキアはクマラのほうをふり返った。その目には毒《どく》があふれていた。

「ス、スーキア……？」

「ああ、姫様。私は本当にあなたが好きでしたよ。だって、私の望みどおりに動いてくれましたから。おかげで、復讐をとげられました。あなたには心から感謝《かんしゃ》しています」

ねっとりとした口調で言いながら、スーキアは床《ゆか》に落ちていたヴァルダの首を拾いあげた。

「このアクテバクジャクは、その凶暴《きょうぼう》さと長すぎる尾羽《おばね》のせいで、いずれは滅びゆく種族でした。でも、我々《われわれ》ダルシャ族はそれを惜《お》しみ、この鳥の一族を守ってきました。決してこの世から消え去らぬように、繁殖《はんしょく》の時期に雄《おす》と雌《めす》を出会わせ、生まれてきた卵《たまご》が無事に孵化《ふか》するように見守って……。でも、そんな心やさしいダルシャ族はもういません。アッダーマ国に滅ぼされてしまったから」

生き残ったのは自分だけだと、スーキアは目をらんらんと光らせながら言った。

「逃《に》げのびた私《わたし》は、別部族の奴隷《どれい》になりすまして、この国に入りこみました。どんな屈辱《くつじょく》にも耐《た》えました。必ず一族の無念を晴らすと、心に誓《ちか》っていたから。おとなしく従順《じゅうじゅん》な奴隷になりすました私は、やがて宮殿《きゅうでん》に連れてこられ、姫《ひめ》にあてがわれました。私がどれほど喜《よろこ》んだか、ふふ、わからないでしょうねえ」

不気味にほほえむスーキアに、アッダーマ王はかすれた声で言った。

「なぜだ？　我《われ》らを憎《にく》んでいるなら、どうして姫を殺《ころ》さなかった？　毒《どく》を盛《も》るなり、池に突《つ》き落《お》としておぼれさせるなり、機会はそれこそいくらでもあっただろうに」

スーキアは刃《やいば》のような鋭《するど》い笑い声をあげた。

「姫一人を殺して、なんになりましょう？　そんな小さな復讐《ふくしゅう》で、私の気がすむとでも？　とんでもない。私のねらいはこの国そのもの。だから、姫にアクテバクジャクのことを教えることにしたのです。ああ、姫様、あなたの心を操《あやつ》り、アクテバクジャクを手に入れたいと思わせるのは、とてもかんたんでした」

満足しきった表情《ひょうじょう》で、スーキアはクマラを、そしてアッダーマ王を見据《みす》えた。

「もうおまえたちはおしまいだわ。自分たちよりも強い国にのみこまれる恐怖《きょうふ》、家族をうばわれる悲しみと怒《いか》りを存分《ぞんぶん》に味わうがいい。では、姫様、ごきげんよう。私もこれでようやく愛《いと》しい者たちのところに行き、復讐をとげたことを話すことができます」

そう言って、スーキアは胸元《むなもと》から小さな壺《つぼ》を取りだし、一息で中身を飲《の》み干《ほ》した。そして、ほほえみをたたえたまま、ヴァルダの首をしっかり抱《だ》きしめたまま、息絶《いきた》えたのだ。

数月後、アッダーマ国はゴーダッタ国に滅《ほろ》ぼされた。アッダーマ王とその一族の首は、ずらりと宮殿《きゅうでん》の前に並《なら》べられたという。

母親と猫《ねこ》

だれ？　また警察《けいさつ》の人なんですか？

ああ、お願いです。私《わたし》はこんな牢屋《ろうや》にいるべき人間ではないんです。警察はよくわかっているはずです。そろそろ出してください！　私は息子のところにもどらないと。あの子を守れるのは私だけなんです。

……話が聞きたい？

いいかげんにしてください！　もうすべて話しました。何回も、何人もの刑事《けいじ》さんたちにお話ししました。もう十分でしょう？

……あなたは何も聞かされていないのですか？　わかりました。それなら、もう一度だけ話します。そのかわり、話し終えたら、今度こそ私を家に帰してください。約束ですよ！

……私の名前はイヴォンヌ・ロベール。小さなアパートの大家をやっています。主人は早くに亡《な》くなりましたが、アパートの家賃《やちん》のおかげで、くらしに困《こま》ることなく、一人息子のガブリエルを育ててきました。

ああ、ガブリエルは私の宝物《たからもの》です。

あの子を産んだそのときから、どんなことがあってもこの子を守ろうと、私は神様に誓《ちか》いました。毎日抱《だ》きしめ、キスをし、決して目をはなさず、そばからはなさず、雨や雪の降《ふ》る日は外にも出しませんでした。病気になったら困《こま》りますからね。

まわりの人たちは、私のことを過保護《かほご》だと、よく言いました。亡くなった主人もです。でも、私は母親です。全力で子どもを守って、何が悪いというのでしょう?

……まあ、今思えば、私は少し神経質《しんけいしつ》だったかもしれません。

私が大切に育てすぎたせいか、ガブリエルは心のやさしい、でも怖《こわ》がりな男の子になってしまったのです。学校には行けず、いつも家に閉《と》じこもり、私のそばで人形遊びや本ばかり読んでいました。

さすがに私も、このままではいけないなと思いました。この子には友だちが必要だと。でも、同じ年頃《としごろ》の男の子たちは乱暴者《らんぼうもの》で、女の子たちはいじわるでした。

どちらも息子に近づけたくないと悩《なや》む私に、アパートに住んでいるおばあさんが言ったんです。「それなら、猫《ねこ》や犬をあたえてあげるといいよ。きっとあんたの息子のいい友だちになってくれるだろう」って。

私《わたし》は猫《ねこ》はいやでした。昔から大きらいなのです。音を立てずに忍《しの》びよってくるところも、目の中の瞳《ひとみ》がころころと変わるところも。

でも、そのおばあさんときたら、本当にお節介《せっかい》で。私の返事も聞かずに、知り合いのところから子猫《こねこ》を一匹《ぴき》、もらってきてしまったのです。

私は返してきてほしいと言いました。でも、ガブリエルはすっかり子猫を気に入ってしまって。絶対《ぜったい》にこの子猫をはなしたくないと、さけんだんです。

あの子が私に逆《さか》らったのは、あれがはじめてでした。ちょうど主人が亡《な》くなったばかりだったこともあり、私はついつい猫を飼《か》うことを許《ゆる》してしまいました。

こうして、マーゴと名づけられた子猫は、私たち親子のもとに居着《いつ》くことになったのです。

ああ、あれは本当に失敗でした。あんな悪魔《あくま》を家の中に入れてはいけなかったのです。

一見すると、マーゴは人なつこくてかわいい猫でした。白と黒のぶち模様《もよう》の体をくねらせては、かわいらしい鳴き声で甘《あま》え、ミルクをねだりました。

でも、私はどうしても心を許せませんでした。

マーゴの目がいやだったのです。氷の下の藻《も》を思わせるような薄《うす》い翡翠色《ひすいいろ》の目は、ぞっとするほど冷たく思えました。

でも、ガブリエルはマーゴの目を気に入っていました。というより、あの子はマーゴのすべてに夢中《むちゅう》だったのです。ガブリエルが幸せそうなので、私もしぶしぶマーゴのことを受け入れるしかありませんでした。

……でも、ある日、恐《おそ》ろしいことが起きました。

ガブリエルが、私の愛《いと》しい息子が、なんとアパートの屋根の上にあがっていたのです！　あれを見たときの恐怖《きょうふ》ときたら。本当に心臓《しんぞう》が止まりそうでした。近所の人たちをよんで、なんとかガブリエルを傷《きず》一つつけずに地上におろせたときは、安心のあまり、へたりこんでしまいました。

泣きながら怒《おこ》る私に、ガブリエルはけろりとした顔で言いました。

「心配かけてごめんね、ママ。こんな大騒《おおさわ》ぎになるなんて、思わなかったんだ。マーゴがね、屋根の上で遊ぼうって、さそってきたんだよ。すごく気持ちいいからって。たしかに気持ちよかったよ。町の全部が見渡《みわた》せたもの！」

にこにこしている息子を、私《わたし》はまじまじと見ていました。心の中は、マーゴへの怒《いか》りで荒《あ》れ狂《くる》っていました。

あの性悪猫《しょうわるねこ》！　一歩まちがっていたら、ガブリエルは死んでいたかもしれないのに！

それでも、私は一度は許《ゆる》そうと思い、ガブリエルに言いました。

「二度とこんなことをしてはだめよ！　いいわね？　もう絶対《ぜったい》に屋根には登らないで。さもないと、マーゴをどこかにやってしまうから」

「いやだ！　それだけはやめて！　約束する！　二度としないから！」

ガブリエルは必死で約束し、この事件《じけん》はそれで終わりになるはずでした。

でも、数日後、私は決定的な瞬間《しゅんかん》を見てしまったのです。

そのとき、私は四階のバルコニーに洗濯物《せんたくもの》を干《ほ》していました。私たちのアパートは、三階と四階に大きなバルコニーがあり、住民はだれでも自由にそこで洗濯物が干せるようになっているのです。

と、下からマーゴの鳴き声が聞こえました。思わず下をのぞきこんだところ、三階のバルコニーの手すりにマーゴがいました。ガブリエルをよぶときの、あの甘《あま》ったるい声をあげていました。

と、ガブリエルが現《あらわ》れて、ああ、なんということでしょう、いきなりマーゴと同じように、手すりの上に飛びのったのです。

「ガブリエル、だめ！」

私の声におどろいたのか、ガブリエルがこちらを見上げてきました。

「ママ？」

「じっとしていて！　いい子だから動かないで！」

そうさけび、私は階段《かいだん》を駆《か》けおり、三階のバルコニーへと走りました。そして、なんとかガブリエルが下に落ちてしまう前に、抱《だ》きとめることができたのです。

私が震《ふる》えながら自分を抱きしめている理由が、ガブリエルにはわからないようでした。

「どうしたの、ママ？　いきなり何？」

「……ガブリエル、どうしてこんな危《あぶ》ないことをしたの？　こんな高いところから落ちたら、死んでしまうかもしれないのに！」

「平気だよ。マーゴがやり方を教えてくれているんだもの」

最近、ガブリエルが猫《ねこ》めいたしぐさをするようになったことを、私《わたし》は思いだしました。「見て見て、マーゴみたいでしょ？　だいぶ上手になったでしょ？」と、猫のように歩き、手や肩《かた》をなめるふりをする息子を、猫ごっこをしてふざけているのだと、私は思っていました。

でも、遊びではなかった。息子はマーゴの影響《えいきょう》を受けて、変わってきていたのです。人間の立派《りっぱ》な男の子が、猫と同じ考えを持つようになってきている。そう考えれば、息子が危《あぶ》ない真似《まね》をしたのも理由がつきます。

いいえ、それにしてもマーゴのやり方は悪意がありました。

私はこの目で見たのです。明らかに、マーゴはガブリエルをさそっていました。この前の屋根に登らせたことといい、わざと息子を危ない目にあわせようとしているとしか思えません。

私は息子を抱《だ》きしめながら、マーゴをさがしました。

マーゴは少しはなれたところにすわり、上目遣《うわめづか》いでじっとこちらを見ていました。邪魔《じゃま》が入って残念だといわんばかりの、毒々《どくどく》しい目をしていました。

私は、「あっ！」と、さけびそうになりました。この悪魔《あくま》めいたまなざしを、前にも見たことがあると気づいたのです。

とたん、記憶《きおく》がどっとあふれだしてきました。

ずっと昔、まだ私がほんの子どもだったころ、近所の空き家に一匹《ぴき》の猫が棲《す》みついたことがありました。白と黒のぶち模様《もよう》の猫で、大きなお腹《なか》をしていました。

あのお腹には赤ちゃんがいるんだよと教えられ、私はせっせとその猫にチーズやソーセージを運んでやりました。

おかげで、猫は私になついてくれました。よべば、すぐに出てきて、私の足に体をこすりつけてくるようになりました。私はなんだか得意な気分でした。

でも、ある日を境《さかい》に、猫は姿《すがた》を消し、よんでも現《あらわ》れなくなったのです。

どこかに行ってしまったのか、私はがっかりしましたが、そうではありませんでした。

一週間ほど経《た》ったあと、猫はふたたび私の前に現れました。そのお腹はぺしゃんこになっていました。

猫は意味ありげに鳴きながら、空き家の中へと入っていきました。ついてきてと言われた気がして、私《わたし》はそっとあとにつづきました。そして、空き家の奥《おく》の木箱に、生まれてまもない子猫《こねこ》が四匹《ひき》、丸まっているのを見つけたのです。

ああ、その子猫たちのなんとかわいかったことでしょう！　三匹は夜のように真っ黒で、一匹だけは太陽のようなオレンジ色の虎猫《とらねこ》でした。

このオレンジ色の子猫が、私にはとりわけ特別に思えました。そして、この子猫のことがどんどんほしくなってしまったのです。

私が子猫たちにふれるのを、母猫《ははねこ》は許《ゆる》してくれました。食べ物をたっぷりくれた私のことを信用していたのでしょう。

それをいいことに、私はさりげなくオレンジ色の子猫を抱《だ》きあげ、そのままさっと空き家を出たのです。

これでいいと思いました。子猫を拾ったと言えば、両親は飼《か》うことを許《ゆる》してくれるだろうと。この子猫にしても、野良猫《のらねこ》として生きていくより、私に飼われたほうが幸せなんだからと。

でも、子どもをうばわれた母猫がどれほど執念深《しゅうねんぶか》いか、私は知らなかったのです。

そう。母猫はずっと私を追いかけてきました。いくら早足で歩いても、ふりきることはできませんでした。ナオナオと鳴きながら、しつこくあとをついてくるのです。その薄《うす》い翡翠色《ひすいいろ》の目はどんどん冷たく燃《も》えていくようで、私はあせり、恐《おそ》ろしくもなりました。

そして、別のことも頭に浮《う》かびました。

もし、ここで人が通りかかったら、私が子猫を盗《ぬす》んだと、すぐにわかってしまう。そうなったら、その人は親に告げ口し、私は親に手ひどく叱《しか》られてしまう。

そう思うと、連れてきた子猫のことが急にいやになりました。

ええ、ええ、わかっています。本当に勝手なことです。でも、子どもって、そういうところがあるでしょう？　親に叱られないためなら、ときにはとんでもないことをしでかしてしまう。

子どもだった私もそうでした。

小さな川にかけられた橋を渡《わた》るとき、私は思わず子猫をその川に投げこんでしまったのです。

母猫は一瞬《いっしゅん》たりとも迷《まよ》いませんでした。子猫を追いかけて、ぱっと川に身を躍《おど》らせたのです。

そのまま猫《ねこ》たちは水にのまれ、あっという間に姿《すがた》が見えなくなりました。

私《わたし》は走って家に帰り、その夜は神様にお祈《いの》りばかりして過《す》ごしました。

それからしばらく、私は例の空き家には近づきませんでした。でも、二か月ほど経《た》ってから、ようやくもう一度入ってみたのです。

あの木箱の中には、哀《あわ》れな小さな骨《ほね》が三匹《びき》分、残っていました。母猫《ははねこ》がもどらなかったので、残された三匹の子猫《こねこ》はそのまま飢《う》え死《じ》にしてしまったのでしょう。

私はすぐに空き家を出て、自分が見たものを忘《わす》れることにしました。自分が猫の一家を死なせてしまったことを、全部忘れることにしたのです。

ああ、本当にずっと忘れていられたらよかったのに。

でも……。

マーゴの目を見たことで、記憶《きおく》はよみがえってしまいました。自分が猫をきらい、恐《おそ》れていた理由を、私はついに思いだしてしまったのです。

そして、すべてに合点がいきました。

ええ、そうです。マーゴはあの母猫の生まれ変わりだったのです。私に復讐《ふくしゅう》するために、死の国からよみがえってきたのです。そのねらいは、私からガブリエルをうばいとること。ああ、なんと恐ろしいことでしょう。

なんとかして、マーゴを始末しなくてはいけないと、私は決意しました。

その夜、私はガブリエルの夕食に眠《ねむ》り薬《ぐすり》を混《ま》ぜこみました。そして、ベッドに入った息子がぐっすり眠っているのをたしかめたあと、私は息子の横で丸くなっていたマーゴをそっと抱《だ》きあげ、台所に連れていきました。

マーゴは私が危害《きがい》を加えるなど思ってもいなかったのでしょう。ずっとおとなしくしていました。おかげで、私は用意しておいた麻袋《あさぶくろ》の中に、かんたんにマーゴを入れることができたのです。

私は袋《ふくろ》を縛《しば》り、重石《おもし》をくくりつけて、外へと運びだしました。このときには、マーゴははげしく暴《あば》れだしていました。さすがに、「これはおかしい！」と気づいたようです。でも、私が用意した麻袋はとても分厚《ぶあつ》く、頑丈《がんじょう》でした。破《やぶ》けるようなことはなく、マーゴの鳴きわめく声すら、くぐもって、ほとんど聞こえませんでした。

そうして私《わたし》はマーゴの入っている袋《ふくろ》を近くの川に投げこんだのです。だれにも見られませんでした。見られたとしても、「ネズミを捨《す》てた」と嘘《うそ》をつけばすむことでした。袋はすぐに水の中に沈《しず》み、猫《ねこ》の悲鳴も聞こえなくなりました。そして、私は深い満足をおぼえながら、家に帰ったのです。

翌朝《よくあさ》、ガブリエルが泣きながら私のもとに走ってきました。

「ママ！　マーゴを見なかった？　朝起きたら、ベッドにいなかったんだ！　こんなこと、今までなかったのに！」

「いいえ、今日はまだ姿《すがた》を見かけていないわ。てっきり、あなたといっしょに寝《ね》ているんだと思っていたのよ。庭を見てきたら？」

嘘をつくのは罪《つみ》なことです。でも、私はこの嘘を突《つ》き通《とお》しました。「マーゴは大丈夫《だいじょうぶ》よ」と、ガブリエルに言いつづけたのです。

「きっとちょっと旅に出かけたのよ。すぐにまたもどってくるわ。あなたのことが大好きなんだから。だから、あまり心配しないで、帰ってくるのを待っていなさいな」

「うん。……ううん。やっぱり、心配だよ。だって、マーゴがぼくを置いていくなんて、だまってどこかに行ってしまうなんて、ありえないんだ！　ぼく、外をさがしてくる！

近所の子たちにも、マーゴを見なかったか、聞いてくる！」

ガブリエルはなかなかあきらめず、何日も何日もマーゴをさがしつづけました。あれほど内気で怖《こわ》がりだったガブリエルが、外に飛びだしていき、子どもたちにもどんどん声をかけていったのです。

マーゴへの愛情《あいじょう》がそうさせているのだと思うと、私はなにやら嫉妬《しっと》を感じました。でも、心の中は落ち着いていました。

なんといっても、マーゴはもう死んだのです。二度と息子の前に現《あらわ》れることはない。息子を守ることができたのだと、私は満足していました。

実際《じっさい》、それから十年ほどはおだやかな日がつづきました。

そして、その十年の間に、ガブリエルはおどろくほど成長しました。マーゴを失ったことで、息子は外に出ていくことに慣《な》れ、猫さがしを手伝ってくれた子どもたちと友だちとなり、ちゃんとした人の子らしい遊びをするようになったのです。学校にも通えるようになりました。

マーゴを恋《こい》しがって泣くことも減《へ》っていき、いつしかガブリエルは立派《りっぱ》な青年へと成長していったのです。ああ、私《わたし》はそれがどんなにうれしく誇《ほこ》らしかったことか。

やがてガブリエルは小さな出版社《しゅっぱんしゃ》で働くようになりました。そしてある日、顔を赤くしながら、私に言ってきたのです。「今日、ある人を連れてくるから、会ってほしいんだ」と。

ついにこの日が来たかと、私は複雑《ふくざつ》な気持ちになりました。ええ、息子が恋人《こいびと》を連れてくるつもりなのだと、すぐにわかりましたとも。

私のかわいいぼうやは、もう一人前なのだ。これから新しい家庭を築《きず》いていくのだ。そう思うと、なんだかさびしくて胸《むね》が苦しくなりました。でも、息子がすてきな人に出会えたのであれば、母親はそれを心から祝わなければいけません。

だから私はほほえんでうなずきました。「わかった。楽しみにしているわね」と。

そして、その日の夕方、息子が一人の若《わか》い女を連れて、家に帰ってきました。

「ただいま、母さん。こちらはクロディーヌだよ。出版社の同僚《どうりょう》で、あの、ぼくらはすごく気が合うことがわかって……えっと、その、まあ、そういうことなんだよ」

顔を真っ赤《まか》にしてもごもごと口を動かすガブリエル。まどろっこしいと思ったのか、女は進み出て、はきはきとした口調で私に挨拶《あいさつ》してきました。

「こんばんは。クロディーヌ・デュランといいます。お会いできてうれしいです、お母様」

それはたしかに美しい魅力的《みりょくてき》な女でした。豊《ゆた》かな黒髪《くろかみ》に抜《ぬ》けるような白い肌《はだ》、ふっくらとした赤い唇《くちびる》。

でも、私にはそんなことはどうでもいいことでした。私は、女の目に釘付《くぎづ》けとなっていたのです。

氷の下にある藻《も》のような目。冷たく輝《かがや》く薄《うす》い翡翠色《ひすいいろ》の目。

マーゴの目であり、あの母猫《ははねこ》の目でした。

青ざめる私に、女はさらに笑いかけてきました。「どうぞこれからよろしくお願いします」と。

その瞬間《しゅんかん》、私は確信《かくしん》しました。あの猫《ねこ》がもどってきたのだと。若い女に姿《すがた》を変えて、今度こそガブリエルを私からうばいとるつもりなのだと。

そんなはずはない？　いいえ、私《わたし》にはわかるんです。どんな姿形《すがたかたち》になろうとも、目を見ればわかるんです。

とにかく、私は全身の血が沸騰《ふっとう》するような怒《いか》りに駆《か》られました。性懲《しょうこ》りもなく、またしてもあの猫《ねこ》が現《あらわ》れた。ならば、今度こそ息子を守らなくては！　激情《げきじょう》に駆られ、私は台所に走っていって、包丁を握《にぎ》りしめました。

そのあとのことは、よくおぼえていません。気づけば、この牢屋《ろうや》の中にいました。

ああ、刑事《けいじ》さん。これですべて話しました。もうわかっていただけましたね？　私がやったことはすべて、息子を守るためにしたことだったんです。

さあ、約束です。私を牢《ろう》から出してください。

……手続きにもう少しかかる？　そんな……。

それでは、これだけでも教えてください。あの性悪猫《しょうわるねこ》はどうなりました？　女の姿《すがた》をした猫を、私はちゃんと仕留《しと》められたのでしょうか？

……生きている？　大けがをしたけれど、じきに退院《たいいん》する予定？

ああ、なんてこと！　私はしくじってしまったんですね！　それなら、すぐに息子のところにもどらないと。出して出して出して！

……どうしてもだめだと言うんですか？

では、せめて、息子をここによんでください。あの子に警告《けいこく》しなくては。私がそばにいられない間、自分で用心しなさいって、ちゃんと言っておかないと。

……息子が私に怒《おこ》っている？　二度と会いたくないと言っているですって！

あははは、そ、そんな嘘《うそ》をつかないでください。あの子が私を拒《こば》むわけがない！　もし怒っていたとしても、あの女が猫だとわかれば、あの子もきっとわかってくれる。

ああ、だから早く息子をよんで！　あの子には私の守りが……。

しっ！　聞きました？

ほら、また聞こえた！

猫の声です！　猫が、あいつが鳴いている！　勝《か》ち誇《ほこ》って鳴いているのが聞こえないんですか？　ここに足止めされている私を嘲笑《あざわら》っているんだわ！

ああ、どうしよう！　声が遠ざかっていく！　ガブリエルのところに行く気だわ！

刑事《けいじ》さん、刑事さん、お願い！　私《わたし》をここから出して！
あの子に危険《きけん》が迫《せま》っているんです！

紅鶯（べに　うぐいす）

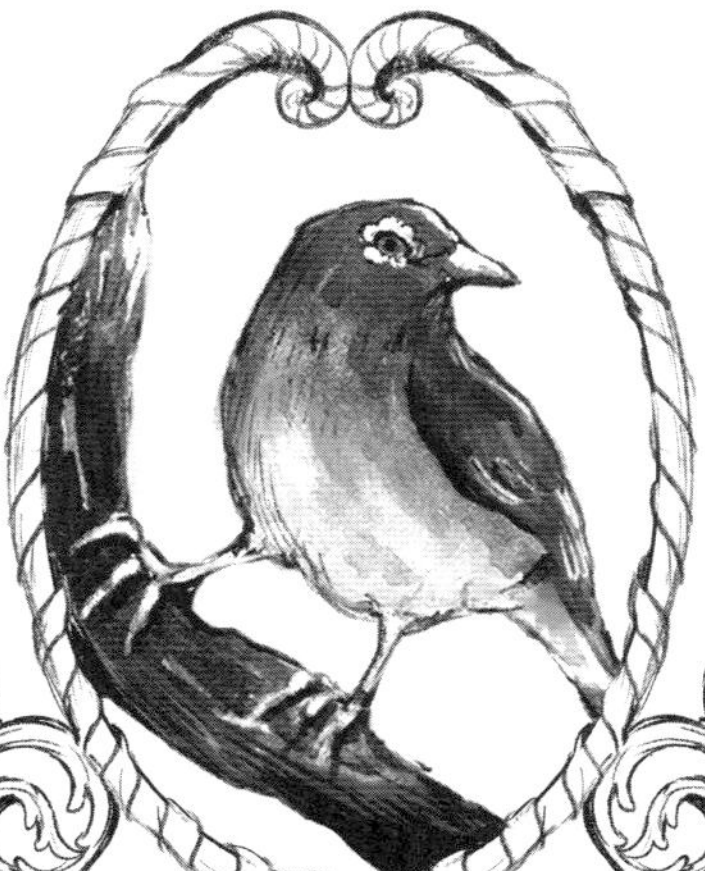

七歳《さい》の少女、登美子《とみこ》はちょっと退屈《たいくつ》していた。最近、母様もばあやも、生まれたばかりの弟につきっきりで、登美子に全然かまってくれないからだ。

もちろん、弟のことはかわいいし、体が弱いみたいだから、母様たちがそばについていないといけないと、ちゃんとわかっている。

でも、やっぱりさびしいものはさびしいのだ。

そんな気持ちをまぎらわせるために、その日も、登美子は庭で遊ぶことにした。

広い庭は、登美子のお気に入りの遊び場だった。たくさんの木や花が植えてあり、小さな池まであるからだ。

天気がよかったので、登美子は桜《さくら》の木の下にござを敷《し》き、人形相手におままごとをしたり、池の魚に餌《えさ》をやったりした。

でも、それにもあきてきた。

昨日《きのう》も一昨日《おととい》も同じことをした。今日は何か別のことをしたい。

そう思ったときだ。なんとも美しい声が聞こえてきた。

ホーホケキョ!

澄《す》んだ声に、登美子ははっとした。

この声は鶯《うぐいす》のものだ。

思わずまわりを見回したところ、少しはなれたサルスベリの木に、一羽の小鳥がとまっていた。

登美子は目を丸くした。

鶯というのは、木立の中にまぎれこむような地味な姿《すがた》をしているものだ。その羽は、抹《まっ》茶色《ちゃいろ》をすすけさせて、白粉《おしろい》を混《ま》ぜたような色をしている。

だが、サルスベリの木にとまっている小鳥は、全身が鮮《あざ》やかな紅色《べにいろ》だった。登美子のとびきりの晴れ着にも似《に》た、くっきりとした美しい赤い羽をまとっていたのである。

と、その小鳥が体を震《ふる》わせて、くちばしを広げて鳴いた。

ホー、ホケキョ！

天に吸《す》いこまれていくような美しい声だった。

色といい、歌声といい、明らかにこの鶯は特別な鳥だった。登美子は胸《むね》がどきどきしてきた。

これはもしかして、神様が遣《つか》わしてくれた小鳥だろうか。ああ、仲よくなりたい。できれば、捕《つか》まえて、自分だけのものにしたい。

登美子《とみこ》はそばに置いていた巾着《きんちゃく》を手に取った。中には、池の魚にまいてやった麩《ふ》が少し残っていた。それをそっと手のひらにのせて、紅《あか》い鶯《うぐいす》に差しだしてみた。

だが、鶯はそれには見向きもせず、サルスベリからぱっと飛びたち、登美子の母様が育てているシャクナゲのもとへと飛んでいった。

シャクナゲは、大ぶりの豪華《ごうか》な花を咲《さ》かせていた。その茎《くき》はしっかりしていて、小さな鶯がつかまっても、びくともしない。

鶯は、自分の三倍近くもある白や桃色《ももいろ》の花を次々のぞきこんでいった。どうやら、蜜《みつ》をなめているようだ。

そのあとは、アセビの茂《しげ》みへと飛んでいき、むしゃむしゃと、小さな白いブドウのような花を食べた。

そして、ぱっと飛び去ってしまったのだ。

登美子はがっかりした。捕まえるどころか、近づくこともできなかった。餌《えさ》がよくなかったのだろうか？

いろいろなことを考えながら、登美子は夕方になるまで庭にいて、紅色《べにいろ》の鶯がまたもどってきてくれないものかと、期待しながら待った。

だが、その日はもう現《あらわ》れなかった。

夜、登美子はばあやに聞いてみた。

「ばあや、鶯が好きなものが何か、知ってる？」

「鶯ですか？　そうですねえ。虫が好物だと聞いたことがありますよ。冬は虫がいなくなるから、木の実を食べたりするとか」

「そうか。虫なのね。わかった」

翌日《よくじつ》、登美子は朝早くから庭に出て、せっせと虫をさがした。土を掘《ほ》り返《かえ》して地虫やみみずを集めたり、蜘蛛《くも》や芋虫《いもむし》を捕まえたり。

夢中《むちゅう》で動き回っていたときだ。

あの声が聞こえてきた。

「ホーホケキョ！」

聞きまちがえようのない、他の鶯《うぐいす》とはまったくちがう歌声に、登美子《とみこ》は飛びあがって喜《よろこ》んだ。

「あの子だ！　よかった！　また来てくれたんだ！」

声のするほうに走ってみたところ、やはり紅色《べにいろ》の鶯がいた。またアセビの茂《しげ》みの中に降《お》り立《た》ち、楽しげに花房《はなぶさ》をつついている。

登美子は胸《むね》を高鳴らせながら、ころころと太った芋虫《いもむし》を手の上にのせて、鶯のほうへと近づいていった。

だが、今回もだめだった。登美子が一生懸命《いっしょうけんめい》集めた虫に、鶯はまったく興味《きょうみ》を持たなかったのだ。登美子のことを怖《こわ》がるようすはなかったが、自分から近づいてくることはせず、しばらくすると、また飛び去ってしまった。

手強《てごわ》いと思いつつ、登美子の胸には闘志《とうし》が燃《も》えていた。

「絶対《ぜったい》に、あの鳥と仲よくなってみせるんだから！　うちの子になってもらうんだから！　だから……お願い！　明日もお庭に来て！」

登美子の願いは通じ、次の日も、紅色の鶯はまた庭にやってきた。

今回は登美子も無理に近づこうとはせず、ただじっとして鶯のようすを見守った。そして、シャクナゲの花の蜜《みつ》をなめ、アセビの花を食べる鶯に、はっとした。

どうやらこの小鳥は、シャクナゲやアセビの花が好きらしい。

それならと、登美子はいいことを思いついた。

翌日《よくじつ》、朝早く起きた登美子は大きなはさみを持って庭に出た。

「母様、ごめんなさい……」

登美子は心の中で母様にわびながら、ジョキジョキと、シャクナゲやアセビの花を切り落としていった。落とした花はすべて拾い集め、大きなヤツデの葉の上にこんもり盛《も》りつけた。

そうして色鮮《いろあざ》やかな花の御膳《ごぜん》ができあがった。あとは待つだけだ。

登美子は花の前にすわり、じっとしていた。

と、あの世にも美しい声が聞こえてきた。

来た！

たちまち心が高鳴ったが、登美子は目をぎゅっと閉《と》じて、ひたすら我慢《がまん》した。

と、はたはたと軽やかな羽音が聞こえてきたかと思うと、すぐ近くでとまった。

登美子《とみこ》は目を開いた。

紅色《べにいろ》の鶯《うぐいす》がすぐ目の前の地面に舞《ま》いおりていた。山盛《やまも》りにされた花に向かって、ちょんちょんと、飛《と》び跳《は》ねるようにして近づいては、また少し後ろに下がるというのをくり返している。

だが、とうとう花のところまでやってきて、うれしげに花をついばみだしたではないか。

そうしながら、だんだんと、登美子のほうにも寄《よ》ってきた。

ああ、もう少しで手が届《とど》きそうだ。手の上にのりそうだ。

うれしさと興奮《こうふん》で息をつめながら、登美子はそのときが来るのを待った。

だが、そのときは来なかった。

ふいに、ピルルルっと、甲高《かんだか》い笛の音が聞こえてきたのだ。

独特《どくとく》の節回しで吹《ふ》き鳴《な》らされる笛の音色に、紅色の鶯のようすが一変した。花をついばむのをやめ、落ち着かずに羽ばたきをしたかと思うと、笛の音に答えるようにさえずりだした。

そして、ついにはぱっと飛びたったのだ。

「あ、待って!」

登美子は思わずあとを追った。そして、庭の垣根《かきね》の向こう側に、男が一人、立っていることに気づいた。

おだやかそうな顔立ちの若《わか》い男だったが、身なりは奇妙《きみょう》だった。今は暖《あたた》かな春だというのに、黒革《くろかわ》の手袋《てぶくろ》をし、着物の上にしっかりした外套《がいとう》を着こんでいる。よほどの寒がりなのかと思いきや、顔は汗《あせ》でびしょびしょで、前髪《まえがみ》が額《ひたい》にはりついてしまっている。

奇妙な男は、変わった形の笛をくわえて、吹き鳴らしていた。そして、手には鳥籠《とりかご》を持っていた。その籠の中に、あの紅色の鶯は自《みずか》ら飛びこんでいったのだ。

ぱたりと入り口を閉《と》じたあと、男は満足したように笛を口からはなした。そして、手ぬぐいを頭の後ろで結んで、鼻と口をすっぽりおおってから、籠の中の小鳥に愛《いと》おしげに話しかけたのだ。

「よかった。無事に見つかって、ほんとによかったよ、鼓紅《こべに》。見たところ、けがもしてないし、元気なようだね。うまく餌場《えさば》を見つけていたようだ。よしよし、とにかくよくも

どってきてくれたよ」

そう言いながら、男はすたすたと歩きだした。

鶯《うぐいす》を持っていかれてしまうと、登美子《とみこ》は慌《あわ》てて垣根《かきね》に飛びつき、さけんだ。

「待って！　その鳥、返して！」

「返す？」

男は足を止め、不思議そうに登美子を見返してきた。

「お言葉ですが、この紅鶯《べにうぐいす》は私《わたし》のですよ、おじょうさん。私が丹精《たんせい》こめて育てた特別な鶯なんですよ、これは」

「それじゃあ……売ってくれませんか？　母様に頼《たの》めば、お金を出してくれると思うから」

食いさがる登美子に、男はかぶりをふった。

「申《もう》し訳《わけ》ない。この紅鶯はもう買い手が決まっているんです。それなのに、渡《わた》し役《やく》がうっかり籠《かご》をこわして、この子を逃《に》がしてしまいましてね。それで、育てた私がさがしまわっていたわけです。あきらめてください。ね？」

「そんな……どうしてもだめ？」

「だめですね。この子のことを待ちわびているお客さんがいるので」

それにしてもと、男は奇妙《きみょう》な目で登美子の家の庭をながめた。

「この子がどこか遠くに飛んでいかずにすんだのは、ここのお庭のおかげですね。なるほど。この子の好物ばかり植わっている。……おじょうさん、おうちの人に私の言葉を伝えてくれませんか？　アセビやシャクナゲは毒《どく》があるから、お庭に植えないほうがいいですよと」

「毒！　毒が、あ、あるの？」

「ええ。もし、アセビやシャクナゲにふれたのなら、早くおうちの中に入って、よく手を洗《あら》いなさい。洗う前に、目をこすったり、口に手を入れたりしてはいけませんよ」

「う、うん」

すっかり恐《おそ》ろしくなった登美子は泣きべそをかきながら、家に向かって走りだした。

アセビやシャクナゲには毒があるなんて、思ってもいなかったことだった。何も知らずに、さわっていたことが恐ろしかった。一刻《いっこく》も早く洗い落とさなくては。

だが、そんな花を、どうして紅色《べにいろ》の鶯《うぐいす》は喜《よろこ》んで食べていたのだろう？

そして、どうして平気だったのだろう？

登美子《とみこ》がそのことを不思議に思ったのは、ずいぶん後になってからだった。


飛ぶように遠ざかっていく少女を見送りながら、男はふっと息をついた。

「よかった。あれだけ元気よく走れるなら、鼓紅《こべに》の毒《どく》にはやられていないようだね。無関係な女の子が死んでいたかもしれないと思うと、ぞっとするよ。まったく、渡《わた》し役《やく》はとんだへまをしてくれたものだよ。この小鳥がどれほど危険《きけん》か、前もってちゃんと教えていたというのにねえ」

いらだたしげにつぶやく男の名は、空木《うつぎ》と言った。どこにでもいそうな平凡《へいぼん》な人物に見えるが、その正体は、闇《やみ》の社会でも名の知れた暗殺者《あんさつしゃ》だ。標的《ひょうてき》を毒で仕留《しと》めることから、毒師《どくし》ともよばれており、これまで仕事をしくじったことは一度もない。

そして、この紅鶯《べにうぐいす》もまた、空木が扱《あつか》う毒の一つだった。

卵《たまご》から孵化《ふか》したときから、毒物《どくぶつ》をあたえて育てる鶯。毒に負けて死んでしまうヒナがほとんどだが、無事に成長することができたものは、本来ならありえない紅色の羽を持ち、声もひときわ澄《す》んだものとなる。贈《おく》り物《もの》にすれば、まず喜ばれることだろう。

だが、紅鶯の体から出る脂粉《しふん》とよばれるふけは、必殺《ひっさつ》の猛毒《もうどく》なのだ。そうとは知らず、紅鶯をそばに置き、かわいがっていれば、飼《か》い主《ぬし》の体は確実《かくじつ》に脂粉にむしばまれていく。しだいに目覚めていることがむずかしくなり、やがては眠《ねむ》るようにして死んでしまうのだ。

殺《ころ》す相手を苦しめたくない、あるいは怖《こわ》がらせずに死なせてやりたいというときに、空木はこの紅鶯を用いるようにしていた。

そして、今回の依頼《いらい》はまさにそれに当てはまった。

ねらう相手がまだ子どもだったからだ。

「さて、そろそろ行かないと。今回の依頼人《いらいにん》、あの強欲《ごうよく》な奥方《おくがた》は、義理《ぎり》の息子の速《すみ》やかな死をお望みだからね。……わが子《こ》に財産《ざいさん》のすべてがいくようにしたい。そのために、先妻《せんさい》が産んだ息子を葬《ほうむ》りたい。まったく、なんて罪深《つみぶか》くて恐《おそ》ろしい依頼だろうか。義理の息子はまだ三歳《さい》で、依頼人にもなついているというじゃないか。そんな子をねらうなんて……。

だが、そういう人たちのおかげで、私《わたし》は食べていけるんだ。まったくありがたい話だよ」

皮肉げに、だがどこか悲しげにつぶやきながら、空木《うつぎ》は歩きだした。何も知らない子どもに、紅鶯《べにうぐいす》を届《とど》けるために……。

デイロン家の犬

デイロン家は、代々、犬の繁殖《はんしょく》と改良を手がけてきた一族だ。ずっと昔から、小さな森のある広い敷地《しきち》を所有しており、そこで多くの犬を産みだしてきた。

とくに力を入れていたのは、闘犬《とうけん》と猟犬《りょうけん》だ。より大きく猛々《たけだけ》しい闘犬を求めて、狼《おおかみ》と犬をかけ合わせてみたり、どこまでも獲物《えもの》を追い求める執念深《しゅうねんぶか》さを高めたり。

デイロン家の犬は王侯貴族《おうこうきぞく》たちに人気があり、大金を払《はら》ってでも手に入れようとする者も多かった。おかげで、デイロン家の羽振《はぶ》りもたいそうよかったものだ。

だが、それも過去《かこ》の話だ。

今は狩《か》りをする人間が減《へ》り、犬同士《どうし》を戦わせることも野蛮《やばん》なこととして好まれなくなってきた。

デイロン家の主人マイロは、おとろえていく自分の家のことが心配でならなかった。長くつづいてきた一族の誇《ほこ》りと伝統《でんとう》を、自分の代で終わらせたくない。なんとしても、だれもが求めるようなすばらしい犬を作りだし、ふたたび賞賛《しょうさん》を浴びたい。

二十八歳《さい》のマイロの心は、そのことだけに囚《とら》われていた。

昔、父のジョージに、「おまえにはどうもデイロン家の才能《さいのう》はないようだな」と、言われたことも執念《しゅうねん》の原因《げんいん》の一つだった。ジョージはすでに亡《な》くなっているが、いまだにその言葉はマイロのことを縛《しば》っていた。

「このぼくが、必ずデイロン家に栄光をもたらしてみせる!」

家のことは妻《つま》のカミラにまかせ、マイロはひたすら犬の研究と繁殖にのめりこんだ。そのためにならと、蓄《たくわ》えをどんどん使っていった。

ついには、有り金はたいて、狼の血を引くという雄《おす》の大型犬《おおがたけん》を、外国から輸入《ゆにゅう》したのだ。家に運びこまれてきたその犬は非常《ひじょう》に大きく、狼そっくりの黄色の野蛮な目をしていた。

マイロは喜《よろこ》んだ。

「いいぞ! こいつなら新しい闘犬の祖《そ》になりそうだ。カミラ、発情期《はつじょうき》を迎《むか》えた雌《めす》は何匹《びき》いる?」

「一匹です。グレイハウンドのテア。でも、あの子はまだ一歳ですから、もう少し体が成《せい》熟《じゅく》するまで待ったほうが……」

バシンと、マイロはカミラの頬《ほお》をたたいた。

「偉《えら》そうにぼくに意見するな。おまえはデイロン家に嫁《とつ》いできただけで、しょせん、デイロンじゃないんだ。それに、犬のことはぼくがいちばんわかっているんだから」

「すみません……」

「まったく。おまえの辛気臭《しんきくさ》い顔を見ていると、イライラするよ。せっかくいい気分だったのに、だいなしだ。……まあ、いい。雌《めす》のことより、まずはこいつの強さをたしかめてみよう。ぼくはこいつを連れて、地下に行ってる。カミラ、おまえはジンとケイミーを連れてこい」

カミラの顔がさっと青ざめた。

「ああ、まさか、あの子たちを……ジンとケイミーはまだまだ走れるし、丈夫《じょうぶ》で、頭もいい子たちなんですよ？」

「だが、とびぬけて優秀《ゆうしゅう》というわけでもない。そういう劣《おと》ったやつは、どんどん処分《しょぶん》していかないといけないんだ」

「だけど！」

「うるさいな」

マイロはまたカミラをたたいた。

「本当にばかな女だな。いいか？　おまえに犬の世話をやらせているのは、ぼくが研究で忙《いそが》しすぎるからだ。おまえのペットとしてあたえたわけじゃない。かわいがるのは勝手だが、ぼくのやることに口を出すな。さあ、あの二匹《ひき》を連れてこい！」

カミラはすすり泣きながら、外にある犬舎《けんしゃ》に向かいだした。その背中《せなか》を見送りながら、マイロは舌打《したう》ちした。

「まったく。なんであんな女がぼくの妻《つま》なんだ」

夫婦《ふうふ》になって三年になるが、今も昔も、マイロはカミラに対して愛情《あいじょう》を感じたことがなかった。

そもそも、この結婚《けっこん》を強く希望したのは、マイロの父ジョージだった。マイロ自身はカミラになんの興味《きょうみ》も持っていなかったのだが、「妻にするなら、絶対《ぜったい》カミラ・シールズにしろ！」という父の意見に逆《さか》らえず、しぶしぶ結婚したのだ。

少々顔がいいだけの、おとなしくてつまらない女カミラ。こんな女のどこが、父親は気に入ったのだろうか？　「劣ったものに情《なさ》けと時間をかけるな」と、あれほど口うるさく言っていたというのに。

「……あと一年しても子どもを産まなかったら、この家から追いだしてやろう。三年間も我慢《がまん》してやったんだから、もう十分だろう」

そんなことをつぶやきながら、マイロは犬を連れて地下に行った。

この家の地下室は、犬たちを戦わせるための大きな檻《おり》が設置《せっち》されている。足元には砂《すな》をまいてあるが、血の臭《にお》いと数々の黒ずみは、そんなものでは消せないほど強烈《きょうれつ》だ。

マイロが大型犬《おおがたけん》を檻に入れたあと、ようやくカミラがうなだれながら二匹《ひき》の犬を連れてきた。

ジンとケイミーは自分たちの運命を悟《さと》っているようだった。クンクンと、哀《あわ》れな鳴き声をあげながら、必死でマイロにしっぽを振《ふ》り、こびを売ってきた。

もちろん、マイロはほだされなかった。いやがる二匹を、檻の中に押《お》しこんだのだ。

戦いは一瞬《いっしゅん》で終わった。狼《おおかみ》の目を持つ犬は、たちまちのうちにジンとケイミーを噛《か》み殺《ころ》してしまったのである。

その凶暴《きょうぼう》さと俊敏《しゅんびん》さに、マイロは大喜《おおよろこ》びした。これこそ求めていた犬だ。

「いいぞ！　こいつの名前はヴォルフにしよう！　ドイツ語で狼を意味する名前だ！　カ

ミラ、こいつとテアにはどんどん肉を食わせろ！　強くて大きな子犬をどんどん産ませるためにな！」

カミラは泣いているばかりで答えなかったが、マイロは気にもとめなかった。頭の中は、これから生まれてくる子犬たちのことでいっぱいになっていた。

その日から、マイロはヴォルフの調教にかかりきりになった。この凶暴さを失わせず、だが、主人である自分には絶対《ぜったい》に服従《ふくじゅう》するようにしつけなくてはいけない。ムチを使って痛《いた》みと恐怖《きょうふ》を植えつけ、マイロはヴォルフを支配《しはい》していった。そして、ヴォルフの怒《いか》りは、ほかの犬との戦いや狩《か》りで発散させてやった。

ヴォルフがますます猛々《たけだけ》しく、だが自分に忠実《ちゅうじつ》になっていくことに、マイロは満足していた。

それにもう一つ、いいことがあった。

雌犬《めすいぬ》のテアがヴォルフの子を身ごもったのだ。

「これで子犬が産まれれば、完璧《かんぺき》だ。なにもかもが計画通りだ」

だが、喜《よろこ》ぶマイロに、カミラがおずおずと言ったのだ。

「もうお金がありません。犬たちの餌《えさ》も、あと二週間くらいでなくなってしまいそうです」

「なんだって？　……それじゃ、ヴォルフとテア以外の犬は処分《しょぶん》しよう。処分した犬の肉を、ヴォルフたちに食べさせてやればいい」

「そ、それでも、四週間しかもちません。それに、ヴォルフは犬肉を食べるでしょうが、テアは敏感《びんかん》な子ですから、仲間だった犬の肉は食べないと思います。でも、今はしっかりと栄養をつけさせないとだめだと……」

「うるさいな。わかってるよ！　くそ！　あと少しだってときに！　……どこかから金を借りてこられないか？」

「む、無理です。もうあちこちから借金していますし。借りたお金を返すまで、顔を見せるなって言われているくらいです」

「そこをなんとかするのが、妻《つま》の役目だろうが！　いや、待て。……来週、村で祭りがある。領主《りょうしゅ》であるキーン伯爵《はくしゃく》も、祭りに参加するはずだ。あの方は生粋《きっすい》の貴族《きぞく》だから、ヴォルフを見れば、すぐに価値《かち》をわかってくれるだろう。うまく話せば、ヴォルフの子犬を増《ふ》やす計画の、パトロンになってくれるかもしれない。よし、春祭りにヴォルフを連れていくぞ」

次の週の日曜日、荷馬車の用意をしているマイロに、またカミラがおずおずと話しかけてきた。

「あの、ジニーとコールとレイモンも、いっしょに連れていってもいいですか？　前に、宿屋のハドソンさんに頼《たの》まれたんです。番犬用の犬がほしいって。その、それなりにお金は払《はら》ってくれるとのことですし、あの三匹《びき》はハドソンさんに売ってはどうでしょう？」

「ふん。宿屋ごときがデイロン家の犬を買いたいだなんて。うちも落ちぶれたものだ。……まあ、いいだろう。あの三匹は体が小さくて、どうせ近いうちに処分するつもりだったからな。おまえの好きにするといい」

「はい」

うれしげにカミラはうなずいた。かわいがっている犬たちが殺《ころ》されずにすんで、ほっとしているのだろう。

くだらないと、心の中で吐《は》き捨《す》てながら、マイロは荷馬車の準備《じゅんび》を終わらせ、荷台にヴォルフを乗せた。ヴォルフには口輪をはめ、首輪に縄《なわ》をつけて、しっかりと荷台のところにつないだ。

カミラも三匹《びき》の犬を連れてきた。

「おい、そいつらは荷台には乗せるな。そいつらを近づけると、ヴォルフの気が立つからな。馬車の横を歩かせろ」

「はい、わかっています」

カミラは犬のように従順《じゅうじゅん》だった。

そうして、マイロたちは村の広場へと到着《とうちゃく》した。広場はおおいににぎわっていた。音楽があふれ、屋台が並《なら》び、みんな笑顔《えがお》でわいわいと騒《さわ》いでいる。

「楽しそうですね、あなた」

「遊びに来たわけじゃない。ぼくは伯爵《はくしゃく》をさがす」

「では、私《わたし》はジニーたちをハドソンさんに見せてきます」

「ああ。できるだけ高値《たかね》をふっかけろ。出来損《できそこ》ないとはいえ、デイロン家の犬なんだからな。自分から価値《かち》を下げるようなみっともない真似《まね》をするんじゃないぞ」

「……はい」

カミラと別れ、マイロはキーン伯爵をさがしにかかった。

伯爵はすぐに見つかった。六十歳《さい》にして、英国紳士《えいこくしんし》そのものの風格《ふうかく》を持ち合わせているキーン伯爵は、今日は幼《おさな》い孫娘《まごむすめ》マーリを連れており、村人たちからの挨拶《あいさつ》を気さくに受けていた。

マイロもそばに近づき、声をかけた。

「伯爵様。おひさしぶりでございます」

「おお、デイロン家の。ひさしぶりだな。元気にしていたかね？」

「はい。おかげさまで。……ところで、伯爵様。本日はぜひ、あなたに見ていただきたい犬がいるのです」

「猟犬《りょうけん》かね？　しかし、私は狩《か》りはもうやっていないのだ。それに、闘犬《とうけん》も、前ほど興味《きょうみ》がなくなってしまってね。なにしろ、荒《あら》っぽい犬はおいそれと屋敷《やしき》に置いておけん。マーリが怖《こわ》がって泣いてしまうだろうからね」

「し、しかし……」

このとき、そばにいたマーリが伯爵《はくしゃく》のズボンを引っぱった。

「おじいさま、わたし、あっちのお馬さんを見てきていい？」

「いいとも。でも、遠くに行くんじゃないよ。なにかあったら、すぐに大声で私《わたし》をよぶんだ。わかっているね？」

「うん」

マーリは元気よく走っていった。

ここぞとばかりに、マイロは言葉をつくした。

「どうかぼくにお力を貸《か》していただけないでしょうか？　このままでは、わが国の伝統《でんとう》と誇《ほこ》りであった犬の気質《きしつ》が、どんどん失われていってしまいます。今、ぼくはすばらしい犬を手に入れたばかりで、それをこれから増《ふ》やしていきたいと思っているのです。ですが、資金《しきん》が足りず、困《こま》っていまして。その犬を今日ここに連れてきているんです。一目見てくだされば、伯爵様もきっと気に入ってくださるはずです。いかがでしょう？」

マイロの言葉に、伯爵は少し心を動かされたようだった。

「ふむ。きみの言うことももっともだ。伝統は守られるべきであり、貴族《きぞく》にはその義務《ぎむ》がある。では、きみの犬を見てみようじゃないか。支援《しえん》する価値《かち》があると思えたら、そのときは改めてきみの計画をじっくりと聞くとしよう」

「ありがとうございます！　今すぐ連れてきますので、少々お待ちを！」

マイロは大喜《おおよろこ》びでヴォルフを置いてきた荷馬車にもどろうとした。

そのときだ。

うわあああっと、突然《とつぜん》大きなさけび声があがった。

「女の子が！」

「なんだ、あのでかい犬！」

「あの子、伯爵様のお孫さんよ！」

「おい、だれか銃《じゅう》を持ってこい！」

「だめだわ！　ああ、間に合わない！」

村人たちの騒《さわ》ぐ声に、マイロは心臓《しんぞう》が跳《は》ねあがった。

犬。女の子。伯爵の孫。ああ、なんだ。すごくいやな予感がする。

恐《おそ》る恐《おそ》る伯爵を見てみれば、こちらは青ざめたひきつった顔をしているではないか。

またさけび声があがると、伯爵《はくしゃく》は六十とは思えない身のこなしで走りだした。少し遅《おく》れる形で、マイロはそのあとを追った。

そうして人混《ひとご》みをかきわけたところに、ヴォルフがいた。縄《なわ》は引きちぎれており、口輪もはずれていた。その黄色い目がねらいをつけているのは、伯爵の孫マーリだった。

マーリは真《ま》っ青《さお》な顔をしてへたりこんでいた。恐怖《きょうふ》のあまり、泣くことさえできないようすだ。

「マーリ！」

無我夢中《むがむちゅう》で飛びだそうとする伯爵を、まわりの村人たちが必死で押《お》さえつけた。

「だめです、伯爵様！」

「今出ていったら、あの化け物みてえな犬に、伯爵様が殺《ころ》されますよ！」

「はなしてくれ！　孫を助けないと！」

とんでもないことになったと思いながら、マイロは前に出た。

「こら、ヴォルフ！　下がれ！　すわれ！　すわるんだ！」

だが、ヴォルフはマイロにもはげしく牙《きば》をむいてきた。今、マイロがムチを持っていないことを、ちゃんとわかっているのだ。ムチを荷馬車に置いてくるんじゃなかったと、マイロは心の底から後悔《こうかい》した。

じりじりとヴォルフから引き下がるマイロのシャツの襟首《えりくび》を、伯爵が鬼《おに》の形相《ぎょうそう》となりながらつかみあげてきた。

「あ、あれは貴様《きさま》の犬なのか！　そうなんだな！　なんとかしろ！　マーリから引きはなせ！　あの子に傷《きず》一つつけでもしたら、貴様、決して許《ゆる》さんぞ！」

「む、無理なんです！　ムチがなくては、ヴォルフは止められないんです！」

「貴様、それでもデイロンか！　ええい、とにかく貴様の責任《せきにん》だ！　早く前に出て、犬を止めてこい！」

「や、やめてください、伯爵様！」

マイロと伯爵がもみあっている間も、ヴォルフはよだれをしたたらせながら、マーリとの距離《きょり》をつめていた。獲物《えもの》の恐怖を味わうかのように、じわじわと近づいていく。

もうだめだ。

だれもが少女の悲惨《ひさん》な死を思《おも》い浮《う》かべたときだった。

さっと、一人の女が飛びだしてきて、マーリを抱《だ》きあげたのだ。

獲物《えもの》を横取りするのかと、ヴォルフが怒《いか》りのこもったうなり声をあげた。

だが、その女、カミラはひるむことなくさけんだ。

「お下がり、ヴォルフ！　ジニー、コール、レイモン！　前へ！」

カミラが連れてきた三匹《びき》の犬が、さっと前に出てきた。巨大《きょだい》なヴォルフに比《くら》べれば、三匹は子犬同然だった。だが、一歩も退《ひ》くことなく、カミラとマーリを守るように身構《みがま》える。

その姿《すがた》は、まるで姫君《ひめぎみ》たちを守ろうとする騎士《きし》のように勇ましかった。

ヴォルフが身を低くし、飛びかかるような体勢《たいせい》を取った。

カミラはすかさずさけんだ。

「コール、ヴォルフの後ろ！　ジニーは横へ！　レイモン、引きつけなさい！」

カミラの言葉どおりに、犬たちは従《したが》った。そして、いっせいにヴォルフに飛びかかったのだ。三匹はヴォルフを取《と》り囲《かこ》み、次々と噛《か》みついていった。噛みついてきた犬にヴォルフが反撃《はんげき》しようとすると、すかさず別の犬が別の方向からヴォルフにおそいかかる。

彼《かれ》らの見事な連携《れんけい》と小さな牙《きば》は、ヴォルフをどんどん混乱《こんらん》させ、苛立《いらだ》たせていった。

そして、苛立ちのあとにやってくるのは、恐怖《きょうふ》だ。

自分が追いつめられていることに気づいたとたん、ヴォルフはくじけた。キャンキャンと情《なさ》けない声をあげ、尾《お》を股《また》の間にはさみこんで、ぱっとその場から逃《に》げだしたのである。

三匹の犬はそれを追おうとしたが、カミラはそれを止めた。

「もういいわ。もどってらっしゃい、ジニー、コール、レイモン」

自分のもとにもどってきた犬たちを笑顔《えがお》でほめたあと、カミラはマーリにもほほえみかけた。

「もう大丈夫《だいじょうぶ》ですよ、おじょうさま。怖《こわ》い犬は、私《わたし》の犬たちが追《お》い払《はら》いましたからね」

「あ、ありがとう。……この子たち、怖くない？」

「もちろんです。私たちを守るために戦ってくれた、本当にやさしい犬たちなんですよ。さ、ご褒美《ほうび》になでてやってくださいな。この子たちはなでられるのが大好きなんです」

「うん」

マーリはやっと笑顔になり、ちょっと恥《は》ずかしそうに犬たちのことをなでだした。

ここで、その場にいる全員が我《われ》に返った。

おおおっと、大きな歓声《かんせい》があがり、だれもがカミラと犬たちをほめたたえた。

キーン伯爵《はくしゃく》も前に飛びだして、マーリのことをしっかりと抱《だ》きしめた。それから涙《なみだ》と感《かん》謝《しゃ》を目にたたえながら、カミラに何度も礼を言った。

カミラが申《もう》し訳《わけ》なさそうな顔をして、「もともと、うちの犬がご迷惑《めいわく》をかけたことですから」と謙遜《けんそん》すると、伯爵はますます感心したようすとなった。

「たいした奥方《おくがた》だ。それに、じつにかしこく勇敢《ゆうかん》な犬たちだ。体は小さいのに、主人に忠《ちゅう》実《じつ》で……。こんな犬たちがそばにいてくれたら、心強い。マーリも気に入ったようだし、どうだろう、この三匹《びき》をゆずってくれないか？」

「……ずっとかわいがると約束してくださるのであれば、おゆずりいたしましょう」

「もちろんだ。そうだろう、マーリ？」

「うん！　わたし、この子たち、大好きよ！」

マーリの笑顔《えがお》と言葉に、その場がまた大きくわいた。

「本当にたいしたもんだよ、カミラさんは」

「あんな大きな犬の前に飛びだしていくなんて」

「小さな犬たちも、カミラさんの言葉がはっきりわかっているみたいだったな」

「かしこいねえ。ほんとにかしこいよ」

「ははは、おじょうちゃんといっしょに遊んでる。かわいいなあ」

この間、マイロは完全に蚊帳《かや》の外にはじかれていた。だれもマイロには話しかけてこなかった。話しかけたとしても、「よう、マイロ。あんたのかみさんは、あんたより犬使いに向いているんじゃないかい？」だった。

人々の無視《むし》、そして無遠慮《ぶえんりょ》なひやかしは、マイロのプライドをズタズタにした。ヴォルフがマーリを殺《ころ》していたら、マイロは罪《つみ》に問われていただろう。そうならずにすんだのは、すべてカミラのおかげだ。なのに、どうしても感謝《かんしゃ》できなかった。いや、感謝どころか、憎《にく》しみすら感じてしまう。

マイロはいたたまれずにその場を逃《に》げだし、カミラを置いたまま家にもどった。

その日の夕方、ようやくカミラがもどってきた。ソファーに身を投げだし、ウィスキーをあおっているマイロに、カミラは分厚《ぶあつ》い封筒《ふうとう》を差しだしてきた。

「伯爵様が払《はら》ってくださったお金です。よかったですね。これでしばらくは心配なくくらせますね」

その静かな言葉に、マイロはかっとなった。

「おまえ！　よくも余計《よけい》なことを！　ぼ、ぼくに恥《はじ》をかかせやがって！」

ソファーから立ちあがり、マイロは思いきりカミラを殴《なぐ》りつけようとした。

だが、できなかった。風のように飛びこんできた灰色《はいいろ》の影《かげ》が、マイロのことを突《つ》き飛《と》ばしたのだ。

つづいて、右の手首に強烈《きょうれつ》な痛《いた》みがはじけ、マイロは悲鳴をあげた。だが、のたうちまわることはできなかった。何か重たいものが体の上にのしかかり、動きを封《ふう》じてきたからだ。

涙《なみだ》にかすむ目で、マイロは自分をおそったものを見た。

ヴォルフだった。憎々《にくにく》しげに目を光らせ、はあはあと熱い息を吐《は》きながら、マイロのことを押《お》さえこんでいる。

殺《ころ》されると、マイロはまた悲鳴をあげた。

「ヴォルフ」

カミラの静かな声がひびいた。

と、ヴォルフがマイロの上からどいた。そのままカミラのもとに歩みよると、まるで大きな猫《ねこ》のようにカミラに頭をこすりつけたではないか。

信じられない光景に、マイロは痛みすら忘《わす》れた。

あのヴォルフが、カミラに甘《あま》えている。なんだ、あの尾《お》の振《ふ》りっぷりは。あんな姿《すがた》、主人である自分には一度も見せたことはないというのに。

おどろいているマイロの前で、カミラは愛情《あいじょう》のこもったしぐさでヴォルフの頭をなでた。

「よい子ね、ヴォルフ。さっきは本当にご苦労様。痛い目にあわせてしまって、ごめんなさいね。もう二度と、あんなことはしないから。これからはなにもかもよくなるからね」

そう言ったあと、カミラはマイロのほうを見た。その目はとても冷たく、鋼《はがね》のように容《よう》赦《しゃ》のないものだった。

だれだ、これはと、マイロは混乱《こんらん》した。自分の妻《つま》は、こんな強いまなざしを持てるような女じゃないはずなのに。

言葉も出ないマイロに、カミラは手の中に隠《かく》し持《も》っていたものを見せた。それは小さな銀の笛だった。

「それは……い、犬笛か？」

犬だけに聞こえる音を出す犬笛は、訓練によく使われるものだ。マイロも当然持っている。だが、カミラがどうして犬笛を持っているのだろう？

「ぼ、ぼくの犬笛を勝手に持ち出したのか？」

「そんなことしません。よく見てください。これはあなたのお父様の犬笛ですよ」

「親父《おやじ》の……」

「そうです。亡《な》くなる前にお父様が私《わたし》にくださったんです。今日はこの笛で、ずっとヴォルフに指示《しじ》を出していたんです。ヴォルフがあのおじょうさんをおそったのも、ジニーたちと戦ったのも、途中《とちゅう》で逃《に》げだしたのも、全部、私がやらせたことだったんですよ」

おどろきましたかと、カミラはマイロを見下ろしながら笑った。その笑《え》みが、マイロは耐《た》えがたいほど恐《おそ》ろしく思えた。逃げるように後ずさりしながらわめいた。

「おまえが……ヴォルフを操《あやつ》っていたっていうのか？　嘘《うそ》だ！　ムチもなしに、そ、そんなことができるわけない！」

「あら、あなたは本当におばかさんなんですねえ」

カミラがまた笑った。今度ははっきりと蔑《さげす》みがこもっていた。

「私がこの子の世話をしていたのを忘《わす》れたんですか？　この子の信頼《しんらい》と愛情《あいじょう》を勝ち取るのに、そう時間はかかりませんでしたよ。あなたが手ひどく痛《いた》めつけるたびに、私がこの子を癒《い》やしていましたからね」

カミラはヴォルフの首に愛《いと》おしげに腕《うで》を回しながら、ささやくように言った。

「この子は本来はとても愛情深《あいじょうぶか》い子です。今も、私を守るために飛びこんできてくれたでしょう？　……真の犬使いは、ムチではなく愛情で犬との絆《きずな》を結ぶもの。でも、あなたはそのことに気づくことすらできなかった。それはあなたが無能《むのう》だからですよ、マイロ」

無能。

その一言に、マイロは打ちのめされた。そして、痛みがぶり返してくるのを感じた。

見れば、右手首はぐちゃぐちゃになっていた。ヴォルフに噛《か》みくだかれたのだ。

あまりにひどい傷《きず》に、マイロは気を失いそうになりながら、必死でカミラにすがった。

「た、頼《たの》む、カミラ。痛みがひどいんだ。手当てしてくれ。話はそれからあとでもいいだろう？」

「いいえ、今、話さなくては。今しかないんですもの。だって、あなたはじきにいなくなってしまうんだから」

「え……？」

カミラの目が奇妙《きみょう》に光りだしていた。

「……あなたは今日の一件《いっけん》を恥《は》じて、どこかに行ってしまったと、みんなには言うつもりです。あなたのプライドの高さはよく知られているから、だれも疑《うたが》いもしないでしょう。大丈夫《だいじょうぶ》。デイロン家は私《わたし》が守っていきますから。私と、この子がね」

そう言って、カミラはそっと自分のお腹《なか》に手をあてたのだ。

マイロは目を見張《みは》った。

「こ、子どもができたのか？」

「そう。やっとできたんです。だから、あなたはもういらない。……劣《おと》ったものはすぐに処分《しょぶん》しないといけない。あなたのお父様もそう言っていたでしょう？」

「カ、カミラ……」

「ああ、マイロ。あなたのお父様が、どうしてあなたと私を結婚《けっこん》させたと思っているんですか？　私の才能《さいのう》を見抜《みぬ》いていたからですよ。……わしのばかな息子のせいで、しばらくきみはつらい思いをすることになるだろう。申《もう》し訳《わけ》ない。だが、もしそのときが来たら、きみの好きにしていいから。お父様はそう約束してくれたんです」

「嘘《うそ》だ！　親父《おやじ》が……そ、そんなことを言うはずない」

「私は嘘など言いません。……これは契約《けいやく》だったんです。私はデイロン家がほしかった。あなたのお父様は、デイロン家を復活《ふっかつ》させる能力《のうりょく》がほしかった。何も知らなかったのは、あなただけだったんですよ。無能《むのう》なマイロ・デイロン」

歌うように告げたあと、カミラは「この人を地下へ連れていって」と、ヴォルフに命じた。ヴォルフはただちに従《したが》った。マイロの肩《かた》にがっしりと牙《きば》を食いこませ、マイロを地下室へと引きずっていったのだ。

痛《いた》みと恐怖《きょうふ》にマイロはもがいたが、抵抗《ていこう》しても無駄《むだ》だった。ヴォルフはあまりに強かった。

乱暴《らんぼう》に運ばれ、地下室についたときには、マイロは傷《きず》だらけになっていた。

と、そこにカミラが下りてきた。彼女《かのじょ》は、家に残っている十二匹《ひき》の犬をすべて連れてきていた。

マイロは全身が凍《こお》りつくような心地《ここち》となった。カミラがどうするつもりなのか、悟《さと》ったのだ。

「カ、カミ、カミラ……」

「この子たちの訓練はあらかたすんでいます。あとは、獲物《えもの》はきっちりと仕留《しと》めることを学ばせないと。最後の訓練に協力できるのです。あなたとしても本望でしょう？」

「カミラ！　頼《たの》む！　情《なさ》けをかけてくれ！　ぼ、ぼくが悪かった！　許《ゆる》してくれ！　これからはなんでもきみの言うことを聞く！　なんでもするから！」

「あらあら、困《こま》ったわ。そう言われても、あなたにやってもらえることなど、何一つないんですよ」

にこっと、カミラは笑った。

「これからは愛情深《あいじょうぶか》く、人間の家族となれる犬たちを増《ふ》やしていきます。そうすれば、デイロン家はまた栄えることでしょう。そのためにも、過去《かこ》の悪い伝統《でんとう》や評判《ひょうばん》は、あなたといっしょに葬《ほうむ》り去《さ》らなくては。……私《わたし》のことを少しでも大切にしてくれていれば、こうなることはなかったでしょうね。ああ、とにかく何も心配はいりません。だから、ゆっくりお休みなさい、デイロン家の落ちこぼれさん」

絶望《ぜつぼう》の悲鳴をあげる夫を、カミラはすっと指差した。

犬たちはすぐさまカミラの指示《しじ》に従《したが》った。

ささやき鳥

エヴァンズ家の長女、十七歳《さい》のシャーリーは、とても恵《めぐ》まれた娘《むすめ》だった。星のように輝《かがや》く青い瞳《ひとみ》に、豊《ゆた》かな鳶色《とびいろ》の髪《かみ》、人目をひきつける華《はな》やかな美貌《びぼう》を生まれ持った彼女《かのじょ》は、どこに行っても注目の的だった。

その上、家は裕福《ゆうふく》で、家族仲もとてもよかった。

生みの母であるサンドラは、シャーリーと妹のポリーンをのこして早くに亡《な》くなってしまったが、後妻《ごさい》となったリリアはとてもやさしい人で、シャーリーたちをわが子《こ》として育ててくれた。シャーリーのほうも、リリアを母として慕《した》い、リリアが産んだ弟ロビンを宝《たから》物《もの》のようにかわいがっていた。

家族を愛し、家族から愛され、シャーリーの人生は輝いていた。その人生をもっと充実《じゅうじつ》したものにしようと、シャーリーは全力で毎日を楽しむようにしていた。明るく活発な彼《かの》女《じょ》は、体を動かすことも、にぎやかなことも大好きだったからだ。

昼間は弟のロビンといっしょに乗馬や水泳をやり、夜は夜で、あちこちのパーティーに参加して、ダンスとおしゃべりを楽しむシャーリーに、妹のポリーンはよくあきれていた。

「姉様。そんなふうに毎日動きっぱなしで、疲《つか》れないの？　一日くらい、ゆっくりすればいいのに」

一歳《さい》年下のポリーンは、シャーリーとは正反対の性格《せいかく》だった。おしとやかで、刺繍《ししゅう》とお菓子《かし》作《づく》りが得意で、家の中で過《す》ごすのを好む子なのだ。

だが、性格はちがっていても、シャーリーは妹のことが大好きだった。だから、ぎゅっと抱《だ》きしめて笑いかけた。

「いやよ。時間を無駄《むだ》にはできないわ。だって、私がこの家にいられるのも、あと少しなんだもの」

そう。シャーリーにはすでに結婚《けっこん》を約束した相手がいた。

アンソニー・ブラウン。英国貴族《えいこくきぞく》の血を引き、貴公子《きこうし》ともよばれているハンサムな青年だ。さらに、大手銀行の跡継《あとつ》ぎでもあり、結婚相手としてはまさに非《ひ》の打ち所がないと、多くの女性《じょせい》が彼《かれ》のことをねらっていたものだ。

だが、アンソニーが選んだのはシャーリーだった。そして、シャーリーも彼の申しこみにうなずき、十八歳になったら結婚すると約束したのだ。

ブラウン夫人となってしまったら、今のように自由気ままに遊び回ることは、さすがにできなくなるだろう。だから、今しかできないことをいっぱいやっておくのだと、シャーリーは宣言《せんげん》していた。

「ねえ、ポリーン。あなたこそ、いっしょにパーティーに行きましょうよ。あなたがドレスを着てパーティーに行ったら、若《わか》い男の人たちがこぞってダンスを申しこんでくるわよ。私《わたし》、それが見たいわ。だって自慢《じまん》の妹なんだもの」

「い、や、よ！　騒《さわ》がしいパーティーなんて、お断《ことわ》り！」

そう言って、ポリーンはいつも笑いながら逃《に》げていくのだ。

だが、「シャーリーは少しゆっくりしたほうがいい」というポリーンの助言は、思わぬ形で実現《じつげん》することとなった。

ある日、シャーリーがいつものように乗馬をしていると、ふいに愛馬のキースが何かに足を取られて、どおっと、横に倒《たお》れこんだのだ。

なすすべもなく投げだされたシャーリーは、体をはげしく地面に打ちつけ、気を失った。

気づいたときには、自分の部屋のベッドで寝《ね》ており、体はぴくりとも動かせなくなっていた。

ぼうっとしているシャーリーに、家族は話して聞かせた。落馬したせいで、腰骨《こしぼね》を折ってしまったのだと。幸い、命に別状《べつじょう》はなく、時間をかければ元通りになるだろうとのことだ。

「ただし、そのためには二か月は絶対《ぜったい》に安静にしていなくてはだめだ。先生の言うことを聞いて、この部屋を出てはいけない。いいね？」

父の言葉に、シャーリーは弱々しくうなずくしかなかった。

そうしてシャーリーの長い治療《ちりょう》生活が始まった。それは、シャーリーにとっては拷問《ごうもん》と同じだった。

痛《いた》みはつらかったが、それ以上につらかったのが退屈《たいくつ》だった。体をろくに動かせず、ようやく起きあがれるようになってからも、部屋を出ることは許《ゆる》されなかったからだ。

家族も召使《めしつか》いたちもシャーリーのためにあらゆることをしてくれたし、婚約者《こんやくしゃ》のアンソニーも山のような贈《おく》り物《もの》を持って、毎日お見舞《みま》いに来てくれた。それでも、シャーリーの退屈は高まっていく一方だった。

とうとうシャーリーはアンソニーにねだった。

「もう花もチョコレートもアクセサリーもいらないわ。そのかわり、この退屈をどうにかしてくれるものを見つけてきてほしいの。お願い、アンソニー。このままじゃ私《わたし》、おかしくなってしまいそう！」

アンソニーは「なんとかしよう」と約束してくれた。

そして、数日後、彼《かれ》は大きな鳥籠《とりかご》を持って、シャーリーのもとにやってきたのだ。鳥籠には黒く分厚《ぶあつ》いベルベットのおおいがかけてあった。

「さあ、わが姫《ひめ》。あなたの騎士《きし》がお望みの品《しな》を持ってまいりましたよ。どうぞお受け取りください」

芝居《しばい》がかった調子で言いながら、アンソニーはおおいをさっと取り去った。

鳥籠の中には、一羽の鳥がいた。鳩《はと》くらいの大きさで、姿《すがた》はカササギに似《に》ているが、その羽は雪のように白く、くちばしは赤かった。

見たことのない鳥に、シャーリーは目をぱちぱちさせた。

「これは何？」

「ささやき鳥という鳥だそうだよ。きみの退屈《たいくつ》をまぎらわせるには、やはり動物がいいだろうと思ってね。めずらしい動物ばかり扱《あつか》っている店があると、知り合いに教えてもらったから、行ってみたんだ。そこは……すごく奇妙《きみょう》な店だった。ちょっと口では説明できないな。とにかく本当に見たこともない動物ばかりいたよ。そして、目移《めうつ》りしているぼくに、異国人《いこくじん》の店主が声をかけてきたんだ」

どのような動物がお望みですか？

不思議ななまりのある、男とも女ともつかない柔《やわ》らかい声音に、アンソニーはぞくっとしたものを感じたという。

「怖《こわ》いというか、なんだか人じゃないものの声に聞こえたんだよ。その店主自身が、別の生き物めいて見えたしね。でも、ぼくはきみのことを思《おも》い浮《う》かべながら、事情《じじょう》を話したんだ。すると、店主はこの鳥をすすめてくれた。嘘《うそ》かほんとか知らないけれど、このささやき鳥は主人の願いをかなえてくれるそうだよ」

「願いをかなえる？　ふふ、まるでおとぎ話みたいね」

「ああ、でも、そのときのぼくは信じたよ。あの店には魔法《まほう》のような雰囲気《ふんいき》があったからね。人なつこくて、オウムみたいにおしゃべりが上手な鳥らしいから、きみのことを気に入れば、しゃべりだすだろう。ということで、少しかわいがってみたらどうかな？」

「そうね。いい気晴らしになりそう。それに……すごくかしこそうな目をしている。私《わたし》、この子が気に入ったわ。ありがとう、アンソニー」

シャーリーの笑顔《えがお》に、アンソニーはうれしげにうなずきながら、シャーリーのベッドの横に鳥籠《とりかご》を置いた。

「どういたしまして。そうだ。ちょっと注意してほしいことがあるんだ」

「注意？」

「うん。店主に言われたんだけど、この鳥は夜になる前に必ず鳥籠にもどして、おおいをかけてやらなきゃだめだそうだ」

「あら、どうして？」

「わからない。ぼくも聞いたんだけど、店主は外国の言葉で何かつぶやくだけで、ちゃんと教えてくれなくて。ただ絶対《ぜったい》に夜は外に出すなって、それだけは強く言っていた。言いつけは守ったほうがいいだろう」

「わかった。それなら、ちゃんと守るとするわ。ね、いっしょにお茶でもどう？」

「申《もう》し訳《わけ》ないけど、もう行かなくちゃ。最近、父といっしょに、あちこちの取引先に挨拶《あいさつ》をしているんだ。銀行の跡継《あとつ》ぎも楽じゃないよ。じゃ、愛《いと》しいシャーリー。また明日来るよ」

「ええ、また明日ね」

軽くキスを交わし、アンソニーは部屋から出ていった。

一人になったシャーリーは、じっくりと籠《かご》の中の鳥を見つめた。鳥も見つめ返してきた。そのまなざしは、なんだか人間のようだった。

こちらが品定めされている気がして、シャーリーは少し落ち着かなくなった。だから、ついつい鳥に話しかけてしまった。

「こんにちは。私はシャーリーよ。あなたのことは、なんてよぼうかしら？　どんな名前をつけてあげようかしらね？」

シャーリーにしてみれば、それは独《ひと》り言《ごと》に近かった。

ところがだ。なんと、鳥が返事をしてきた。

「シン！　シン！」

少ししゃがれていたが、はっきりとした発音で、鳥は風変わりな言葉をくり返した。

「シン？　それがあなたの名前なの？」

「シン！　ソウ！　シン！」

「わかった。シン。あなたはシンね。さっそくしゃべってくれるなんて、うれしいわ」

「アナタ、シャーリー！　ゴシュジン！　シャーリー、サマ！」

「えっ、嘘《うそ》！　すごいじゃないの！　もう私《わたし》の名前をおぼえたの？　それにご主人って……」

シャーリーはびっくりした。この鳥は、ただ人間の言葉をくり返しているのではなく、ちゃんと理解《りかい》してしゃべっているかのようだ。

「いえ、まさかね。そんなことありえない。で、でも……。ねえ、シン。あなたは何を食べるのかしら？　餌《えさ》は何をあげたらいい？」

試しに問いかけてみたところ、シンはすぐさま答えてきた。

「シン、クダモノ、スキ！　アマイ、ハチミツ、スキ！」

シャーリーは言葉を失ってしまった。

もうまちがいない。このシンは人間の言葉を完全に理解しているのだ。こんなふうに意《い》思疎通《しそつう》ができる鳥なんて、聞いたことがない。だが、だからこそおもしろいではないか。

シャーリーは俄然《がぜん》シンに興味《きょうみ》がわいた。

この鳥はどのくらい知能《ちのう》が高いのだろう？　もっとなめらかにしゃべれるようになるのだろうか？

と、シンがせがんできた。

「ダシテ！　シャーリー、サマ！　シン、カゴ、ダシテ！」

「でも、出したら逃《に》げてしまうでしょ？」

「ニゲナイ。シン、シャーリーサマ、カタ、イキタイ！」

「肩《かた》にとまりたいってこと？」

「ソウ！」

あまりにシンがせがむので、シャーリーはベルを鳴らし、召使《めしつか》いのキリアンをよんだ。

「およびですか、おじょうさま？」

「ええ、キリアン。アンソニーがくれたこの鳥を、籠《かご》から出したいの。悪いんだけど、窓《まど》を全部閉《し》めてくれない？　窓を閉めたら、あなたも部屋から出て、ドアを閉めてちょうだい。みんなには、しばらくドアを開けないでと伝えて」

「かしこまりました。他にご用は？」

「そうね。一時間くらいしたら、果物《くだもの》の盛《も》り合《あ》わせとハチミツを一瓶《びん》、持ってきてちょうだい」

「わかりました」

そして、部屋の窓《まど》を全部閉《し》めてもらい、一人きりになったあと、シャーリーは鳥籠《とりかご》の扉《とびら》を開けて、シンを出してやった。

自分で言ったとおり、シンは逃《に》げるそぶりを見せなかった。それどころか、シャーリーの肩《かた》にのり、居心地《いごこち》よさそうに羽毛をふくらませてすわりこんだではないか。

シンのほのかな温《ぬく》もりと重みに、シャーリーは思わずほほえんだ。

「あなた、かわいいわね、シン」

「アリガト！　シャーリー、サマ、ビジン！」

「あら、おせじまで言えるなんて、やるじゃない。……シンがそばにいてくれたら、たしかに退屈《たいくつ》はしなそうね。私《わたし》、けがをしてから、ずっとこの部屋に閉《と》じこめられているの。外では楽しいことがいっぱいで、友だちもみんな楽しんでいるのに。昨日《きのう》はハリエット夫人の誕生日《たんじょうび》パーティーがあったそうよ。どんなようすだったのかしらね？　妹のポリーンが参加していれば、パーティーのようすを聞くことができたのに。あの子ったら、全然そういうのに興味《きょうみ》がないんだもの」

シャーリーがぼやくなり、シンがさえずりだした。

「ハリエット、パーティー！　アンジェラ、ミランダ、シャンパン、カケタ！　ミランダ、アンジェラ、ケンカ！　ドチラモ、ボロボロ！　ボロボロ！」

えっと、シャーリーは目を見張《みは》った。

「アンジェラって、アンジェラ・ウィード？　あの子がミランダ・アイゼンにシャンパンをかけた？」

「ソウ！　ミランダ、カンカン！」

「それは当然怒《おこ》るでしょう。でも、あの二人は親友のはずよ？　パーティーの席でケンカをするなんて、ありえない」

「アンジェラ、シット！　ミランダ、ロルフ、スキ！　スキダト、シッテシマッタ、カラ！」

「ロルフって、まさかアンジェラの恋人《こいびと》の？　やだ。ミランダって、ロルフが好きだったの？」

それは修羅場《しゅらば》になるのも当然だと思ったところで、シャーリーは我《われ》に返った。

「ちょっと待って、シン。あなた、どうして、そんなことを知っているの？」

「シン、ナンデモシッテル、カラ！」

自信たっぷりのようすで言い切るシン。

ふいに、シャーリーはこの鳥の名前を思いだした。

ささやき鳥。

「あなたは……いろいろな秘密《ひみつ》や出来事をささやいてくれる鳥なのね？」

「ソウ！　シン、ササヤク！　シャーリーサマ、シリタイコト、ナンデモ、ササヤク！

イッテ、シャーリーサマ！　シリタイコト、ナニ？　ナニナニナニ？」

「ちょ、ちょっと落ち着いて。私《わたし》もまだ混乱《こんらん》しているんだから。……じゃあ、昨日《きのう》の夜、
ポリーンが何をしていたか、わかる？」

「アミモノ。シャーリー、サマニアゲル、マフラー。レモンイロ」

「編《あ》み物《もの》……昨日、お休みの挨拶《あいさつ》をしに来たポリーンは、このまま部屋にもどって編み物
をすると言っていたわ。そして、レモン色は私の大好きな色……。おどろいた。あなた、

本当にわかるのね?」

だんだんとシャーリーは興奮《こうふん》してきた。

このシンがそばにいてくれれば、ベッドから動けなくてもいろいろなことがわかる。それどころか、みんなが隠《かく》している秘密さえ手に入る。

それはぞくぞくするような楽しさがあった。

そのあとはもう夢中《むちゅう》だった。シンに問いかけては、いろいろな情報《じょうほう》を聞きだすシャーリー。

一方、しゃべればしゃべるほど、シンはどんどん言葉がなめらかになってきた。

もしかしたら、人間と変わらないほどに流暢《りゅうちょう》になるかもしれないと、シャーリーは思った。

と、ドアがノックされて、召使《めしつか》いのキリアンの声が聞こえてきた。

「おじょうさま。果物《くだもの》とハチミツを持ってまいりましたよ。入ってもよろしいでしょうか?」

「え、もう一時間経《た》ったの? 楽しい時間って、本当にあっという間ね。あ、キリアン、まだ開けないで。ちょっと待ってて」

キリアンに返事をしたあと、シャーリーはシンにささやいた。

「お願いだから、あなたがしゃべれることは内緒《ないしょ》にしてて。私《わたし》だけの秘密《ひみつ》にしておきたいの」

「わかった。ご主人のため。シン、他の人がいるとき、だまっている」

「ああ、いい子ね！　大好きよ、シン」

「シンも好き」

「ふふふ。あ、キリアン。もういいわ。入ってきて」

「はい、失礼いたします」

部屋に入ってきたキリアンは、シャーリーの肩《かた》にとまっているシンを見て、目を丸くした。

「これはおどろきました。その鳥、もうおじょうさまになついたのですか？」

「アンソニーがくれた私の新しい友だちよ。シンというの」

「白くてきれいな鳥ですね。それに、もうおじょうさまにそんなになついているんですか？」

「ええ、この子、とてもかしこいのよ。これから毎日、果物《くだもの》とハチミツを、私の食事といっしょに持ってきてね。この子の好物らしいから」

「わかりました」

　そのあと、シャーリーは手ずからシンに果物を食べさせてやり、シンが満腹《まんぷく》になると、またあれこれ尋《たず》ねた。

「そう。おもちゃの汽車がなくなったと、ロビンが騒《さわ》いでいたけど、居間《いま》のカーテンの後ろにあるのね。あとで、それとなく教えてあげなくちゃ。……キリアンの息子さん、病気なの？　しっかり栄養をとれば、元気になるの？　それなら、お父様に頼《たの》んで、キリアンのお給金をあげてもらいましょう。……エリー夫人の首飾《くびかざ》りを盗《ぬす》んだのは、郵便配達《ゆうびんはいたつ》のトーマス？　やだわ。トーマスはいい人だと思っていたのに。え、他の人の物もちょこちょこ盗んで、コレクションしているですって！　許《ゆる》せないわね！　……いいわ。警察署《けいさつしょ》長《ちょう》のクリッククリーさんに手紙を出す。もちろん、私の名前は書かないわ。トーマスのコレクションのありかを教えて、彼《かれ》を逮捕《たいほ》してもらうのよ」

　秘密を知ると、やるべきことがどんどんできてくる。もはやシャーリーの退屈《たいくつ》はふきとんでしまっていた。

　だが、ふいにシャーリーは肌寒《はだざむ》さを感じた。窓《まど》の外を見れば、空が暗くなりだしている。

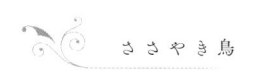

もうすぐ夜になるのだと、シャーリーは時間が経《た》つ早さにおどろいた。

そして思いだした。

「そう言えば、夜になる前に、シンを籠《かご》にもどして、おおいをかけないといけないんだったわ。ねえ、シン。悪いんだけど、籠にもどってくれるかしら？　あなたはそろそろ寝《ね》る時間よ」

「わかった、シャーリー様」

シャーリーが鳥籠《とりかご》の扉《とびら》を開くと、シンはおとなしく自分から中に入っていった。

「楽しい時間をありがとう、シン。また明日ね。おやすみなさい」

「おやすみなさい、シャーリー様」

名残惜《なごりお》しくはあったが、シャーリーは鳥籠におおいをかけた。シンの姿《すがた》は完全に見えなくなり、声もまったく聞こえなくなった。

妙《みょう》なさびしさを感じ、シャーリーがため息をついたときだ。妹のポリーンと弟のロビンが、大きなワゴンを押《お》して部屋にやってきた。

「姉様。夕食を持ってきたわ」

「今夜はシャーリー姉様の大好きなシチューだよ。それにほら、デザートはカスタードタルト！　お父様たちはお出かけしているし、ぼくらもいっしょにここで食べていいでしょ？」

「もちろんよ。あなたたちといっしょに食べるのは楽しいもの。……そういえば、ロビン。おもちゃの汽車は見つかった？」

シャーリーの問いかけに、ロビンは悲しげにかぶりをふった。

「ううん、まだなんだ」

「最後に遊んでいたのは居間《いま》なんでしょ？　カーテンの後ろを調べてみた？　私が小さいとき、お人形がそこに転がっていってしまって、長いこと見つからなかったことがあったのよ」

「そうなの？　じゃあ、ぼく、見てくる！」

「あ、こら、ロビン！　食事が終わってからにしなさいよ！　って、全然言うことを聞かないんだから」

部屋を飛びだしていったロビンに、ポリーンが嘆《なげ》かわしげにため息をついた。

そのポリーンに、シャーリーはさりげなく尋《たず》ねた。

「ねえ、ポリーン。昨日《きのう》、編《あ》み物《もの》をするって言っていたけど、何を編んでいたの？」

「姉様のためのマフラーよ。これから寒くなるから」

「……私《わたし》のためのってことは、もしかしてレモン色の毛糸を使ってくれている？」

「あたり！　よくわかったわね、姉様」

「な、なんとなくそう思ったのよ。ありがとね、ポリーン。楽しみにしているわ」

シャーリーがポリーンに笑いかけたとき、ロビンが慌《あわ》ただしく駆《か》けもどってきた。その手には赤と緑にぬられた汽車が握《にぎ》られていた。

「あった！　あったよ！　シャーリー姉様の言ったとおりだった！」

「あら、よかったじゃない」

ポリーンは笑ったが、シャーリーは胸《むね》がどきどきしていた。

ポリーンの編み物も、ロビンの汽車も、全部シンが教えてくれたとおりだった。あの鳥は真実を教えてくれるのだ。ああ、なんてすごい鳥を手に入れたのだろう。

興奮《こうふん》をなんとか押《お》し隠《かく》しながら、シャーリーは早口で言った。

「じゃ、今度こそちゃんと椅子《いす》にすわって。冷めないうちにシチューをいただきましょうよ。私、おなかがぺこぺこよ。あと、食べたら、私は寝《ね》るわね。今日はなんだか疲《つか》れたから」

寝てしまえば、すぐに朝がやってくる。そうすれば、またシンにいろいろ教えてもらえる。

そのときを待ち遠しく思いながら、シャーリーはシチューを食べ始めた。


ささやき鳥のおかげで、シャーリーの日々はぐっと楽しくなった。

だれよりも早く噂話《うわさばなし》を手に入れ、あるいはだれかの秘密《ひみつ》をがっちりとつかみとる。

そのうち、それらを利用することもおぼえた。

泥棒《どろぼう》を捕《つか》まえさせたり、本当は両想いなのに素直《すなお》になれない人たちをくっつけたり。

まるで自分が他人の運命を操《あやつ》っているかのようで、楽しくてしかたなかった。

だから、けがの具合もだいぶよくなってきて、「車椅子《くるまいす》に乗るなら、ベッドからはなれてもよい」と医者に言われたあとも、シャーリーは部屋から出なかった。車椅子であちこちに行くより、部屋の中でシンとおしゃべりしているほうがおもしろいからだ。

シャーリーの変わりように、家族は首をかしげた。

「あんなにベッドからはなれたがっていたのに。車椅子《くるまいす》でもいいから外に出かけたいと、あんなに騒《さわ》いでいたというのになあ」

「あの子もいろいろとあるのでしょう」

「姉様ったら、あんなにあの鳥のことが気に入っちゃって。アンソニーが気《き》の毒《どく》だわ。最近では、鳥のほうばかりかまっているんだもの」

「ぼくもやだ。前のシャーリー姉様のほうが遊んでくれたのに」

だが、家族に何を言われようと、シャーリーは気にしなかった。

シャーリーの心はささやき鳥に囚《とら》われていた。今はもう、シンなしの毎日などありえない。もっと知りたい。もっと聞きたい。

だから、夜が来てしまうのが本当にいやだった。

長く退屈《たいくつ》な暗い時間。シンとのおしゃべりを切りあげなくてはいけない時間。

「ああもう！　夜なんて来なければいいのに！」

夕方になるたびに、シャーリーはうらめしげにシンを籠《かご》へともどすのだった。

さて、ある夜のこと、町の名士《めいし》であるマクラーレン氏が八十歳《さい》を迎《むか》えたことを祝い、大がかりなパーティーが開かれることとなった。

あちこちの家に招待状《しょうたいじょう》が届《とど》けられた。もちろんエヴァンズ家にもだ。

が、エヴァンズ夫妻《ふさい》はあいにく旅行中で留守《るす》だった。長女のシャーリーはけがのせいで、屋敷《やしき》から出られない。

ということで、次女のポリーンに白羽の矢が立てられた。

ポリーンは仏頂面《ぶっちょうづら》で、それにとても心細そうだった。

「行きたくないわ。パーティーなんか行っても、楽しくないもの。姉様と似《に》てないって、じろじろ見られるだけで、きっとダンスだってさそわれないわ。ああ、考えるだけで、気分が悪くなりそう」

弱気になっているポリーンを、シャーリーはベッドの中から必死ではげました。

「そんなことない！　ポリーンはとてもかわいいんだから。大丈夫《だいじょうぶ》。真珠《しんじゅ》のネックレスをしていって。その青いドレスにとても合うから。髪《かみ》も真珠で飾《かざ》るといいわ。ああ、ほら、すごくすてきよ！　ほら、まるで矢車草の妖精《ようせい》みたい！」

「でも……」

「あなたのことはアンソニーにも頼《たの》んであるから。彼《かれ》があなたを守ってくれるわよ。ねえ、ポリーン。本当にかわいいわよ。だから自信を持って」

そこにアンソニーがポリーンを迎《むか》えにやってきた。おめかししたポリーンを見て、アンソニーは目を見張《みは》った。

「わお、すごくかわいいよ、ポリーン。今夜のお姫様《ひめさま》はきみに決まりだね」

アンソニーの褒《ほ》め言葉に、ぽっと、ポリーンの青ざめていた頬《ほお》に赤みが広がった。少し気持ちがほぐれたようだ。

シャーリーはアンソニーに頼みこんだ。

「アンソニー、この子をお願いね」

「わかっているよ、シャーリー。すまないね、ぼくたちだけ楽しんできてしまって。きみがよくなったら、今度は三人で出かけようね」

「ええ、そうしたいわね。じゃ、いってらっしゃい」

だが、二人を送りだしたあとも、シャーリーは妹のことが心配でならなかった。

「ああ、私《わたし》がけがなんかしていなければ、しっかりあの子のそばにいて、見守ってあげることができたのに。ポリーン、今ごろ、どうしているかしら？　アンソニーはうっかりそばをはなれたりしていないかしら？　変な男に目をつけられたりしていないかしら？」

気になって、体中がぞわぞわした。

ああ、もうどうしても我慢《がまん》できない。

シャーリーはついにささやき鳥を頼《たよ》ることにした。

夜は使ってはいけない。籠《かご》から出してはならない。

ささやき鳥を売っていた店の主人はそう言っていたらしいが、ほんの少しくらいならかまわないだろう。ポリーンのようすを教えてもらったら、すぐにまた籠にもどして、おおいをかけてやればいい。

「シン。寝《ね》ているところ悪いんだけど、起きて。あなたに頼みがあるのよ」

声をかけながら、鳥籠《とりかご》のおおいをはずしたシャーリーは息をのんだ。籠の中にいた鳥が、別の鳥にすりかわっていたのだ。

雪のように真っ白だったシンのかわりに、てらてらとした光沢《こうたく》を放つ極彩色《ごくさいしき》の羽を持つ鳥が、そこにいた。

緑、金、青、真紅《しんく》、紫《むらさき》、黒、銀。

光の加減《かげん》によって、次々と踊《おど》るように色が変わる羽は、めまいがしそうなほど美しかった。

あっけにとられていたシャーリーだったが、やがて気づいた。別の鳥ではない。これはシンだ。色鮮《いろあざ》やかに染《そ》まっているが、まぎれもなく同じ鳥なのだ。

「シン、あなた……その羽の色はいったい、どうしたの?」

やっとのことでささやくシャーリーに、シンは豊《ゆた》かな笑い声をひびかせた。

「シャーリー様。これが私《わたし》の夜の姿《すがた》なのでございます。まるきり変わって見えるでしょうが、私は私。あなたの望むこと、知りたいことをささやくあなたのしもべでございます。さあ、今夜はどうなさったのです? 夜の私を使いたいほど、知りたいことがあるのでございましょう? 私を籠《かご》から出して、お尋《たず》ねください。なんなりとお答えいたしましょう」

美しい羽をまとったシンの声は、昼間よりも甘《あま》く澄《す》んでいた。思わず聞きほれそうになりながら、シャーリーはシンを籠から出して、肩《かた》にとまらせた。

「教えてほしいのは、ポリーンのことなの。今、マクラーレンさんのパーティーにいるはずなんだけど、うまくやっているかしら？　あの子が今どうしているか、あなたならわかるでしょ？　教えて！」

「ポリーン様はたしかにマクラーレン邸《てい》においでです。でも、人の少ない庭園におりますね。ちょうど、とある男性《だんせい》から愛の言葉をささやかれているところです」

「愛の言葉ですって！」

シャーリーは思わず大声をあげてしまった。

「え、あの子に？　嘘《うそ》でしょ？　あの子はそういうのに慣《な》れていないのに！　まったく、アンソニーは何をやっているの！　あんなにあの子のそばをはなれないでって、頼《たの》んだのに」

「アンソニー様はポリーン様のおそばにおいでですよ」

「えっ……」

「ああ、ポリーン」

ふいに、シンがアンソニーの声でしゃべりだした。

「今夜のきみを見た瞬間《しゅんかん》、ぼくは運命を感じたんだ。きみこそが、ぼくの愛する人だと。

きみなしで生きていくことなど、とても考えられない。どうかぼくの妻《つま》になってほしい、ポリーン。お願いだ」

シャーリーはぞぞぞっと背筋《せすじ》が寒くなった。

シンの声はアンソニーそのものだった。せつなげにポリーンを口説《くど》いている姿《すがた》が見えてきそうなほどだ。

だが、それだけでは終わらなかった。

シンは、今度はポリーンの声でしゃべりだしたのだ。

「だ、だめよ。いけないわ、アンソニー。そんなこと言わないで。……姉様に悪いわ」

「ぼくだって、シャーリーには申《もう》し訳《わけ》ないと思う。だが、自分の心を偽《いつわ》ることはできない。だから、きみも正直に答えてくれ。きみはぼくがきらいかい？　シャーリーのことは考えず、ただきみの気持ちを教えてほしいんだ！」

「……ね、姉様がいなかったら……あなたが姉様の婚約者《こんやくしゃ》じゃなかったらって……いつも思っていたわ。ああ、だめ！　だめよ！　こんなこと、思うことさえ許《ゆる》されないのに！」

「いいや、許されるさ！」

ポリーンの震《ふる》える声に、アンソニーの情熱《じょうねつ》にあふれた声が重なった。

「きみのその言葉を聞けて、どれほどうれしいか！　ぼくにはもう怖《こわ》いものはないよ。でも、やさしいきみはそうはいかないだろう。……今夜は、もう帰ろう。きみを家まで送るよ、ポリーン。でも、朝になったら、ぼくはまたエヴァンズ家を訪《たず》ねる。そのとき、ぼくの花嫁《はなよめ》になってくれる決意ができていたら、この白バラを髪《かみ》に差していてくれ」

「アンソニー……わ、私《わたし》は……」

「もうやめて！」

シャーリーはひび割《わ》れた声でさけんだ。

自分が聞いたことが信じられなかった。自分の婚約者アンソニーが、妹ポリーンに愛をささやくなんて。

「嘘《うそ》よ！　こんなの嘘よ！　あの二人が私を裏切《うらぎ》るはずないのよ！」

だが、ささやき鳥シンがこれまで嘘を告げたことはない。そのことを、シャーリーはだれよりもよく知っていた。

絶望《ぜつぼう》しながら、シャーリーはふいに両親のことが恋《こい》しくなった。この傷《きず》ついた心を、やさしいあの二人に癒《い》やしてもらいたい。

すがるようにシンに頼《たの》んだ。

「シン、お父様の声を聞きたい。お母様の声も。あの二人が今、何をしゃべっているか、教えてちょうだい」

「はい。……ああ、ちょうど、おじょうさまのことを話題にしておられますね」

「え？」

「シャーリーはもうじき回復《かいふく》しそうだな。……残念なことだ」

シンが父フレッドの声でしゃべりだした。その声音に、シャーリーはぶるりとした。声は同じでも、こんな父の口調は聞いたことがない。まるでシャーリーのことを苦々しく思っているかのような口ぶりではないか。

つづいて、シンは母リリアの声を出した。

「本当ですわ。あの子がけがしてくれたおかげで、この数か月はとても平和でしたのにねえ」

皮肉とトゲがたっぷりとまぶされた声だった。

あのリリアが、こんな声を出すなんて。

シャーリーは衝撃《しょうげき》のあまり息ができなくなった。

だが、シンのささやきはどんどんつづき、フレッドとリリアのやりとりをシャーリーの耳へと流しこんでいった。

「あなたには申《もう》し訳《わけ》ないですけど、私《わたし》、あの子には我慢《がまん》できませんの。自分のことを天真爛漫《てんしんらんまん》と思っているようだけど、空気が読めないだけの調子に乗っている小娘《こむすめ》ですよ。少しばかりきれいだからって、お高くとまっていて、見苦しいかぎりです」

「きみが申し訳ないと思う必要はないよ、リリア。私だって同じ気持ちだからね」

吐《は》き捨《す》てるようにフレッドが言った。

「そもそも、あの子はエヴァンズじゃない。前にも言ったが、前の妻《つま》サンドラと秘密《ひみつ》の恋人《こいびと》の間にできた、いまわしい落とし子なんだ。世間の目があるから、ずっとわが子として愛するふりをしてきたが、もう限界《げんかい》だ。あの顔は見たくもない。うちの財産《ざいさん》を食いつぶす寄生虫《きせいちゅう》だ」

「本当に。ポリーンのようなかわいらしさがあれば、少しは私も愛せたでしょうに。シャーリーときたら、気が強くてかわいげがありませんから。あれでは、いずれアンソ

ニーさんにも愛想をつかされるでしょう」

「そのほうがいい。彼《かれ》にはポリーンのほうがふさわしいからな。……ポリーンは心の中ではアンソニー君を慕《した》っているようだし、なんとかできないものか」

「そのことでしたら、ご心配なく。すでに少し前から手を打っていますのよ」

ふふふと、リリアのふくみ笑いがひびいた。

「あの子がけがをしたときから、私《わたし》、少しずつあの子の飲む薬にちょっとしたものを加えていますの。ゆっくりと粉雪《こなゆき》が降《ふ》りつもるように、体の中に悪いものがたまっていき、やがて一気に芽《め》吹《ぶ》くというもの。そろそろ、その効《き》き目《め》が出始めるはずです」

「ということは……」

「あと一年もしないうちに、あの子は天に召《め》されることでしょう」

ひっと、シャーリーは体をこわばらせた。

シャーリーを殺《ころ》すために、リリアは毒《どく》を盛《も》っていたという。そこまで義理《ぎり》の娘《むすめ》を憎《にく》んでいたというのか！

だが、それを打ち明けられたフレッドは、高らかに笑い声をあげたのだ。

「それはすばらしい！　さすが私のリリアだ。かしこくて夫想いだ。きみと結婚《けっこん》できて、私は幸せ者だよ。……早く効き目が出てほしいものだな。シャーリーが死ぬとき、私はあの子に出生の秘密《ひみつ》をささやいてやるとしよう。あの子はきっと苦しみながら死んでいくぞ」

「ま、あなたったら、悪いお顔ですこと」

「ふふふふ」

「ふふふ」

二人の悪意に満ちた笑い声に、シャーリーは魂《たましい》がずたずたにされるような心地《ここち》となった。涙《なみだ》で視界《しかい》がかすみ、何も見えなくなった。

これほどの苦しみとみじめさは味わったことがなかった。婚約者《こんやくしゃ》と家族。愛していた人たちから、ことごとく裏切《うらぎ》られてしまうとは。

だが、言葉もなく泣いているシャーリーに、シンが柔《やわ》らかくささやいてきた。

「シャーリー様。ポリーン様がお帰りになったようですよ。足音が聞こえます」

「ポリーン……」

「はい。踊《おど》るような足取りで、ご自分のお部屋に向かっています。……どうやらポリーン様のお気持ちは決まったようですね」

シャーリーはかっとなった。悲しみでいっぱいになっていた胸《むね》に、それを上回る怒《いか》りの炎《ほのお》が燃《も》えあがってきた。

私《わたし》は絶対《ぜったい》に泣《な》き寝入《ねい》りなどしない。ばかにされてたまるものか。……許《ゆる》さない。この家の連中は全員許さない！

シャーリーはベッドから下りて、車椅子《くるまいす》に移《うつ》り、それを動かして部屋の奥《おく》へと向かった。そして、机《つくえ》の引き出しから一丁の拳銃《けんじゅう》を取りだした。

射撃《しゃげき》が得意なシャーリーのために、父のフレッドが十五歳《さい》の誕生日《たんじょうび》にくれたものだ。柄《つか》が象牙《ぞうげ》でできていて、すばらしい彫刻《ちょうこく》がほどこされている拳銃は、まるで工芸品のように美しい。

が、これは命をうばうことができる武器《ぶき》なのだ。

シャーリーはためらいなく拳銃に弾《たま》をこめていった。弾は五発あれば十分だ。決してはずさない自信が、シャーリーにはあった。

あとは、どのようにして、どの場面で拳銃をかまえ、獲物《えもの》を仕留《しと》めるか。

そのときに獲物にかける言葉は、どのようなものにするか。
ただ殺《ころ》すだけではだめだ。より残酷《ざんこく》に、より苦痛《くつう》をあたえられるようにしなくては。
血のしみが広がるように、シャーリーの頭に次々と過激《かげき》な想像《そうぞう》が浮《う》かんでは広がってい
く。
そして……。
トントントン。
軽いノックの音に、シャーリーはぎくりとして顔をあげた。
見れば、部屋の中が明るくなっていた。いつの間にか朝が来ていたようだ。時計を見れ
ば、七時半をさしている。肩《かた》にのっているシンも、いつもの白い羽にもどっている。
おどろいていると、またノックの音がし、ひそやかなポリーンの声が聞こえてきた。
「姉様。ポリーンよ。起きている？」
ポリーン。ひどい妹！　いったい、どの面下《つらさ》げて私に会いに来たと言うの？
ののしり声をあげそうになったものの、シャーリーはできるだけいつもと同じ声で答え
た。

「ポリーン？　どうしたの？」

「どうしても姉様と話したいことがあって……。中に入ってもいい？」

「ちょっと待って」

シャーリーは急いでシンを籠《かご》の中にもどし、「静かにしてて」と言って、おおいをかぶせた。それから膝掛《ひざか》けの下に拳銃《けんじゅう》を隠《かく》した。

「いいわ。入ってきて」

おずおずとドアを開けて、ポリーンが姿《すがた》を現《あらわ》した。その髪《かみ》には白いバラが差してあった。

ぎゅうっと、シャーリーは胸《むね》がしめつけられた。

白いバラを髪に差しているということは、ポリーンはアンソニーの求愛に応《こた》えるつもりなのだ！　ああ、なんて恥知《はじし》らずなんだろう！　姉の婚約者《こんやくしゃ》をうばいとろうとするなんて！

膝掛けの下にある拳銃を取りだしそうになったが、シャーリーはなんとかその衝動《しょうどう》をこらえた。

まずはポリーンの話を聞こう。その上で、思いきりののしって……。いや、アンソニーがあとから来るというから、そのときに二人まとめて始末するとしよう。そうだ。そのほうがいい。……夕方には両親がもどってくる。もちろん、許《ゆる》すつもりはない。でも、小さなロビンはどうする？　あの子にはなんの罪《つみ》もない。けれど、ひとりぼっちにさせてしまうくらいなら、いっそ……。そうだ。両親の前で、ロビンを撃《う》ってやろう。ロビンを苦しませないために、そして両親をいっそう悲しませるために。ああ、愛してやまない息子を目の前で失ったら、あの二人はどんな顔をするだろう？

シャーリーがそんなことを考えているとも知らず、ポリーンは心配そうに声をかけてきた。

「姉様、どうしたの？　ひどい顔色よ」

「悪い夢《ゆめ》を見てしまって……。それからずっと寝《ね》られなかったの。でも、大丈夫《だいじょうぶ》。話って何？　昨日《きのう》のパーティーは楽しめた？」

「ええ」

ぽっと、ポリーンの頬《ほお》が赤くなった。頬を染《そ》めたポリーンはとても愛らしく、シャーリーは嫉妬《しっと》で胸をかきむしられた。その愛らしさで、アンソニーの心をうばったのだと思うと、飛びかかって顔をめちゃくちゃにしてやりたかった。

だが、ポリーンは姉の気持ちに気づきもせず、無邪気《むじゃき》に打ち明けだした。

「あの……私《わたし》、恋《こい》をしたみたいなの。自分でも信じられないけど、この気持ちは本物だと思う」

「そうなの……」

憎《にく》しみを必死で押《お》さえながら、シャーリーは声をしぼりだした。ぎゅっとこぶしを握《にぎ》っていないと、拳銃《けんじゅう》をつかんでしまいそうだった。

まだだめだ。まだそのときではない。

自分に言い聞かせながら、シャーリーはなんとかほほえんで見せた。

「それじゃ、そのバラは彼《かれ》からの贈《おく》り物《もの》なのね？　あなた、彼の気持ちに応《こた》えるつもりなのね？」

「ええ……。今日、彼が来るそうなの。お父様たちにちゃんとご挨拶《あいさつ》して、私と交際《こうさい》したいということを伝えたい、って。突然《とつぜん》のことで、姉様もおどろいたと思うけれど……私の恋を許《ゆる》してほしいの。お願い、姉様！　私、大好きな姉様にいちばんに祝福《しゅくふく》してほしいのよ！」

どの口がそんなことを願うのかと、シャーリーはさけびそうになった。

このとき、ポリーンの後ろから、ひょいっとアンソニーが顔を出した。

「おはよう。シャーリーにポリーンも。二人ともそろっているということは、ポリーン、きみはもう全部話したんだね？」

「ああ、アンソニー」

ポリーンはいそいそとアンソニーのそばに寄《よ》っていった。まるで猫《ねこ》みたいに甘《あま》ったれたしぐさだと、シャーリーは奥歯《おくば》をぎりぎり噛《か》みしめた。

「なにもかもあなたのおかげよ、アンソニー。私、なんだか生まれ変わったような心地《ここち》で……こんな気持ちを味わえるなんて、思ってもいなかったの」

「いや、ポリーン。きみにそんな喜《よろこ》んでもらえると、ぼくとしてもうれしいかぎりだよ。すまない、シャーリー。そういうことなんだ。きみには申《もう》し訳《わけ》ないと思っているよ」

へらへらと笑うアンソニーに、うれしげにほほえむポリーン。二人の姿《すがた》に、シャーリーは全身の血が沸騰《ふっとう》した。

ああ、もうだめ。もう限界《げんかい》だ。

計画も何も忘《わす》れて、拳銃《けんじゅう》を膝掛《ひざか》けの下から取りだそうとしたときだった。ポリーンが夢《ゆめ》見心地《みごこち》の顔をしながら言った。

「姉様もきっと彼《かれ》のことが気に入るわ。スティーブンって、本当にすてきな人なの。紹介《しょうかい》するのが楽しみよ」

妹の口から出てきた知らない名前に、シャーリーはとまどい、一瞬《いっしゅん》だけ怒《いか》りを忘れた。

「スティーブン……だれなの、それは？」

「あ、やだ。私《わたし》ったら、肝心《かんじん》なことを伝えていなかったわ。スティーブン・ミード。私が好きになった人よ」

スティーブン。スティーブン・ミード。ポリーンが好きになった人？　でも、ポリーンはアンソニーが好きで、彼をシャーリーからうばうつもりだったのでは？

わけがわからなくなっているシャーリーに、アンソニーがやさしく言葉をそえた。

「じつは、スティーブンはぼくの古い友人でね。きみにもいつか会わせたいと思っていたんだ。それに図書館に住みたいと言うほど本好きだから、もしかしたらポリーンとも気が合うかなって。で、昨日《きのう》のパーティーで紹介したら、もう想像《そうぞう》以上でね。あんなに早く恋《こい》に落ちた人間を見たことはないよ。あれ、シャーリー？　どうしたんだい？　顔が真《ま》っ青《さお》じゃないか」

「……じゃあ、なんでさっき申《もう》し訳《わけ》ないって言ったの？」

「きみに、妹を頼《たの》むと言われていたのに、結局、スティーブンと引き合わせてしまったからね。ポリーンは幸せそうだけど、きみの信頼《しんらい》を裏切《うらぎ》ってしまったようで、少し気がひけたから」

「……そ、そういう意味だったの。じゃあ、あなたがポリーンに白バラをあげたんじゃないのね？」

「白バラ？　ああ、あれはスティーブンがあげたものだよ。ぼくの真心を捧《ささ》げるなんて、ロマンチックなことを言いながらね。横で聞いていて、ぼくのほうが恥《は》ずかしくなったほどだよ。でも、スティーブンは本当にいいやつなんだ。だから、ポリーンのことは心配しなくても大丈夫《だいじょうぶ》だよ。二人はきっと幸せになれる。もちろん、ぼくらもね」

そう言って、アンソニーはシャーリーの額《ひたい》に愛情《あいじょう》のこもったキスをした。

そのキスを受けたとたん、シャーリーは呪《のろ》いが解《と》けたかのように正気にもどった。そして、改めてぞっとした。

もう少しで、愛する家族とアンソニーを手にかけてしまうところだった。嫉妬《しっと》と怒《いか》りに我《われ》を忘《わす》れていたとはいえ、自分はなんてことをしようとしたのだろう。

よくよく考えてみれば、アンソニーがシャーリーを裏切《うらぎ》るはずがないのだ。これほど誠《せい》実《じつ》な青年はいないのだから。

それにポリーンだって、アンソニーを未来の義兄《ぎけい》として慕《した》っているだけだ。万が一、アンソニーに口説《くど》かれたとしても、軽蔑《けいべつ》をこめて突《つ》っぱねるに決まっている。

両親だってそうだ。

シャーリーが父フレッドの子ではない？　ありえない。シャーリーの目と髪《かみ》の色は父ゆずりで、鼻の形だってそっくりだ。二人が並《なら》べば、親子だと一目でわかる。

リリア。義理《ぎり》の母だが、本当に愛情深《あいじょうぶか》い人だ。シャーリーを育ててくれたあの人が、毒《どく》など盛《も》ろうはずがない。

ああ、とんでもないでまかせを、どうしてこんなにも信じてしまったのだろう？

……ささやき鳥だ。あの鳥が、自分に嘘《うそ》を吹《ふ》きこんできたからだ。でも、なぜ？　これまであの鳥は嘘をついたことなどなかったのに。だからこそ、信用していたのに。

いや、もうどうでもいい。

シャーリーは泣いているのを見られないようにうつむきながら、弱々しくアンソニーによびかけた。

「アンソニー、お願いがあるの」

「なんだい、シャーリー？」

「あなたがくれた鳥を、もといた店にもどしてきてくれない？」

「え？　でも、あんなに気に入っていたじゃないか？　鳥もなついていたのに」

「ええ、でも……もうたくさんなの。見たくないの。私にはあなたがいてくれればいいから。お願いよ、アンソニー。この鳥を私の前から消して。お願い」

二度とこの屋敷《やしき》で、ささやき鳥をさえずらせるつもりはない。

強い決意をこめて、シャーリーはささやいた。

おお、お客様。どうなさいました？

ささやき鳥を返品したい？

婚約者様《こんやくしゃさま》がそれをお望み？

それはそれは。ということは、婚約者様は夜にこの鳥を籠《かご》から出してしまったようでございますねえ。それでもご無事だったとは、婚約者様は運がよいことで。

ん？

いえねえ、ささやき鳥は昼と夜でちがう姿《すがた》、ちがう性格《せいかく》になるのでございますよ。

昼は潔白《けっぱく》の白さをまとい、真実のみをささやきます。

ですが、夜ともなれば、がらりと変わります。

夜のささやき鳥は、嘘《うそ》つきなのでございます。なので、羽もすばらしい色に染《そ》まるのでございます。嘘というのは、毒々《どくどく》しくもきらびやかなものでございますからねえ。

ああ、本当に何事もなくてようございました。ふふふ。

鹿《しか》の踊《おど》り子《こ》

いやあ、今夜の公演《こうえん》も大成功《だいせいこう》でしたな。この「奇獣《きじゅう》サーカス」も、だいぶ名が知られてきたようです。

古代魚の骨《ほね》の舞踏《ぶとう》に、妖鳥《ようちょう》の合唱。一角獣《いっかくじゅう》の曲乗りに、人面獣《じんめんじゅう》の火吹《ひふ》き芸。

お客さんたちは目を丸くして、夢中《むちゅう》で見ていましたな。ふふふ、団長《だんちょう》であるわがはいとしても、じつに喜《よろこ》ばしいかぎり。

でも、こういう夜は気をつけないと。あまりにも不思議で妖《あや》しいものを見てしまうと、心を囚《とら》われてしまう人もいますからな。今夜は赤い月も出ていることだし、変なお客がうちの団員《だんいん》のだれかを見初《みそ》めるとも限《かぎ》らない。

ああ、言ったそばから、だれか来た。

いけません、お客さん。ここは部外者は立ち入り禁止《きんし》ですぞ。今夜はもう出し物もないですから、どうぞ速《すみ》やかにお引き取りを。

え？　うちの団員を引き取りたい？

角の生えた踊《おど》り子《こ》？

ああ、鹿人《しかびと》の娘《むすめ》のことですか。

たしかに、今夜のあの子はすばらしい芸を披露《ひろう》しましたな。蜘蛛《くも》女《おんな》の糸の上で踊《おど》る姿《すがた》は、さながら妖精《ようせい》のようだった。細くしなやかな体に、若鹿《わかじか》特有の見事な角。軽やかな身のこなしを生みだす鹿《しか》の脚《あし》と蹴爪《けづめ》。

なにより、あの牝鹿《めじか》のような潤《うる》んだ瞳《ひとみ》は強烈《きょうれつ》ですからな。お客さんが心囚《とら》われてしまうのは無理もない。

さあさあ、少し落ち着いてください。そんな怖《こわ》い剣幕《けんまく》で迫《せま》ってこなくても、ちゃんと話はできましょう。ええ、これでもわがはいは話のわかるほうですからな。

どうしてもと言うなら、あの子を連れていってもかまいません。いや、お金はけっこう。あの子は物でも奴隷《どれい》でもありませんからな。

あの子は今、緑のテントで衣装《いしょう》を脱《ぬ》いでいるはずです。行って、話しかけてやれば、素《す》直《なお》にあなたについていくことでしょう。

ほら、行ってみてください。

……やれやれ。あの娘《むすめ》をほしがるということは、あのお客さんは人を殺《ころ》していますな。それも、何人も。

心に獣《けもの》を巣くわせ、人間を獲物《えもの》として狩《か》る人間。

大変恐《おそ》ろしいことですが、いわゆる殺人鬼《さつじんき》とよばれる人間は存在《そんざい》するのですよ。

そして、あの鹿人《しかびと》の娘はそういう人間をことのほかひきつけるようでしてな。

さよう。あの子を一目見ると、殺人鬼はたちまちはげしい恋《こい》に落ちてしまうのです。でも、それはゆがんだ恋です。

彼女《かのじょ》を自分だけのものにしたい。だれにも見せたくない。そのために、あの細くて優美《ゆうび》な首を切り落とし、剥製《はくせい》にしてしまおう。そうしてしまえば、本当に彼女を手に入れることができる。自分だけが見て、愛することができる。

殺人鬼はそう考え、そのように実行しようとする。さっきのお客さんも、まちがいなくそういうタイプでしょうな。

ん？　それがわかっていて、なぜ、娘を連れていってもいいと言ったのか？

なあに。心配は無用ですぞ。

鹿人の先祖《せんぞ》が何か、知っておりますかな？

もともとはアメリカの大森林に住む鹿女《しかおんな》とよばれる魔物《まもの》でしてな。彼女らはときおり、人間の集落にまぎれこみ、美しい若者《わかもの》を森にさそいこんでは、蹄《ひづめ》の生えた強靱《きょうじん》な脚《あし》で蹴《け》り殺《ころ》すのを楽しんでいた。鹿女《しかおんな》に目をつけられたら助からないと、アメリカ先住民の間では、それはそれは恐《おそ》れられた存在《そんざい》だったのですよ。

そして、あの子はその末裔《まつえい》だ。あのはかなげな見た目からは想像《そうぞう》もつかないでしょうが、すさまじい力と凶暴性《きょうぼうせい》を秘《ひ》めている。

賭《か》けてもいいが、夜明け前にあの子はもどってきますよ。あの濡《ぬ》れたような大きな目を輝《かがや》かせ、蹴爪《けづめ》を赤く染《そ》めあげてね。

ああ、ほら、笑い声が聞こえるでしょう？　あれは他の団員《だんいん》たちの笑い声だ。鹿人《しかびと》の娘《むすめ》を連れ帰ろうとしているお客さんを哀《あわ》れんで笑っているのですよ。

ふふふ。しかし、これでこの町も少しきれいになりますな。

なにせ、殺人鬼《さつじんき》が一人、消えるのですから。

きらめく鱗《うろこ》

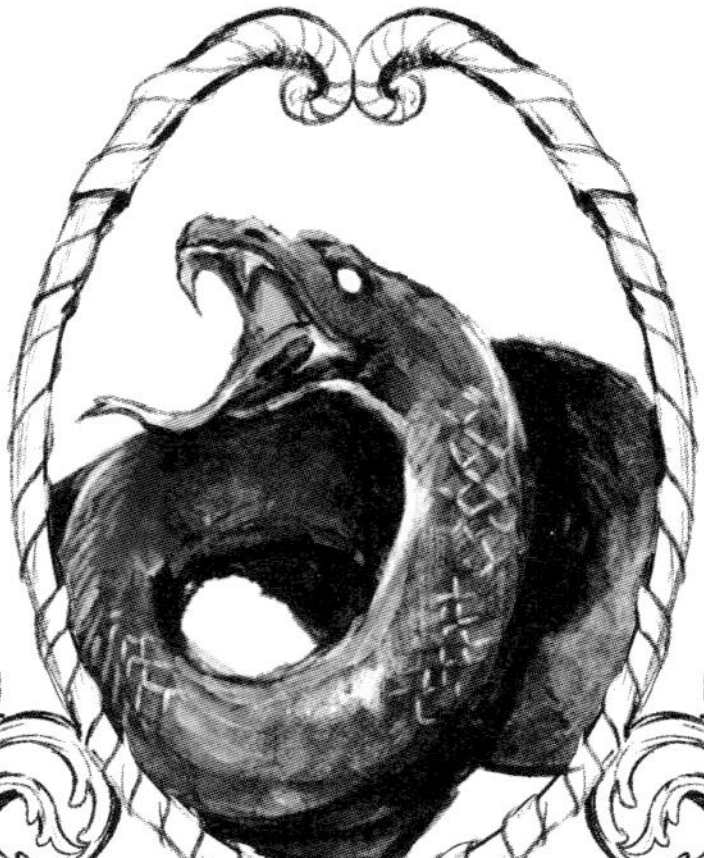

マダム・エリシャの屋敷《やしき》には宝石《ほうせき》が山ほどある。それらはぞっとするほど美しい輝《かがや》きを放ちながら、マダムの部屋を埋《う》めつくしているという。

この噂《うわさ》は、キングジールの町の住人であれば、だれでも知っていた。

世捨《よす》て人マダム・エリシャ。

年齢不詳《ねんれいふしょう》の謎《なぞ》めいたこの女性《じょせい》が、キングジールの端《はし》にある、孤独《こどく》の丘《おか》とよばれるさびしい場所に屋敷を建てて住みついたのは、もうずいぶんと前になる。

だが、何年経《た》とうとも、マダムはまったくキングジールになじもうとしなかった。屋敷の中に閉《と》じこもり、町の人たちが挨拶《あいさつ》や行事へのおさそいをしに行っても、会おうともしない。

ときおり、彼女《かのじょ》の召使《めしつか》いが町にやってきては、大量の食料や日用品を買いこむが、彼《かれ》らも無駄話《むだばなし》にはいっさい応《おう》じず、用事をすませてさっさと屋敷にもどっていってしまう。

それでいて来客は多いのだ。

夜になると、よそから来たとわかる人間が、やたらとマダムの屋敷を出入りする。そのことが、余計《よけい》にみんなの好奇心《こうきしん》をくすぐった。

はたしてマダムは何者なのか？

悪党《あくとう》の一派《いっぱ》の親玉で、あの屋敷はアジトなのかもしれない。

いや、マダムはあのとおり美しく、しかも、ただならぬ気品があるのだから、きっとやんごとない生まれだ。もしかしたら、どこかの王族の血を引いているのかもしれない。争い事の種にならないよう、身をひそめているにちがいない。

キングジールの人たちは、マダム・エリシャの正体をあれこれ想像《そうぞう》しては楽しんでいた。それに、マダムの財産《ざいさん》のことも話題の種だった。ちらっと、姿《すがた》を垣間《かいま》見せるマダムは、いつもすばらしい宝石で全身を飾《かざ》りたてていたからだ。

虹色《にじいろ》のオパールに、真紅《しんく》のルビー。紺碧《こんぺき》のサファイア。華《はな》やかな琥珀《こはく》。神秘的《しんぴてき》なエメラルドに、優雅《ゆうが》な真珠《しんじゅ》。

遠目から見ても、マダムの豪華《ごうか》な宝石は見事なものだった。

彼女が何者にしろ、途方《とほう》もない金持ちであることはまちがいない。

そうした噂は徐々《じょじょ》にキングジールの町の外にももれ出していき、よからぬ人間の耳にも届《とど》くようになった。

町からはなれた場所にひっそりと建つ屋敷《やしき》。

くらしているのは、女主人と数名の召使《めしつか》いのみ。

そして、女主人が持っているというたくさんの宝石《ほうせき》。

悪党《あくとう》どもにとっては、なんとも魅力的《みりょくてき》な話であった。

若《わか》き泥棒《どろぼう》ゼオも、その話を聞いて「しめた！」と喜《よろこ》んだ。

「こいつは願ってもない話だ。うまく忍《しの》びこんで、宝石をごっそり盗《ぬす》んでやろう。もし見つかったとしても、かまうもんか。女主人を人質《ひとじち》にすりゃ、なんとでもなる。その丘《おか》に建っているのはその屋敷だけってことだし、悲鳴も物音も、他の家には聞こえないだろうからな」

欲《よく》をかりたてられ、ゼオはすぐさまキングジールの町に向かった。そして深夜になるまで待ち、トカゲのようにすばやく、音もなくマダム・エリシャの屋敷に近づいていった。

おどろいたことに、屋敷の警備《けいび》はザルもいいところだった。番犬はおらず、窓《まど》に鍵《かぎ》すらかけてないのだ。まるで「中に入ってこい」と、さそっているかのようだ。

ゼオはいやな感じをおぼえたが、宝石ほしさに、そのまま忍びこむことにした。心配はいらないと、自分に言い聞かせた。愛用のナイフさえあれば、どんな困難《こんなん》だって乗りこえられる。

ナイフを握《にぎ》りしめ、アンティークのランプにほのかに照らされている廊下《ろうか》を進んでいき、そのまま二階まであがった。

と、奥《おく》に大きな扉《とびら》が見えた。見事な黒檀《こくたん》でできた扉には、翡翠《ひすい》がびっしりと埋《う》めこまれており、妖《あや》しくも美しい蛇《へび》の姿《すがた》を浮《う》かびあがらせていた。

ゼオはぴんときた。

あの部屋だ。価値《かち》あるものは、あの部屋にあるのだ。

泥棒としての直感を信じ、ゼオはすばやくそちらに向かった。ぴたりと、扉にはりつくようにしながら、中の気配をさぐったが、しんとしていた。だれもいないようだ。

そして、この扉にも鍵はかかっておらず、ゼオは楽々と中に入ることができた。

暗く大きな部屋の中では、何かがきらきらと輝《かがや》いていた。カーテンがかけられていない窓から月光が差しこんでおり、部屋中に置かれた宝石をきらめかせていたのだ。

ゼオは思わず目をこすった。

こんな光景は見たことがなかった。

無数の宝石《ほうせき》が、あまりにも無造作《むぞうさ》に床《ゆか》に転がされていた。だらしなく開けっぱなしにされた引き出しや戸棚《とだな》からも、ダイヤモンドのネックレスやティアラがあふれ、こぼれ落ちそうになっている。

信じられない財宝《ざいほう》を前に、ゼオは体が動かなくなってしまった。

だが、ようやく我《われ》に返りかけたときだ。だれかがゼオの頭に重たい一撃《いちげき》をみまってきた。ごつっと、骨《ほね》までひびくような一撃を食らい、ゼオは声をあげることすらできずに気を失った。

そして、ずきずきとした痛《いた》みで目を覚ましたときには、体を頑丈《がんじょう》な鉄製《てつせい》の椅子《いす》に縛《しば》りつけられ、身動きが取れなくなっていた。

しくじった。まんまと捕《つか》まってしまうなんて、なんてドジを踏《ふ》んでしまったんだ。

悔《くや》しさに身もだえしていると、だれかがゼオの前にすべり出てきた。

非常《ひじょう》に背《せ》の高い、ほっそりとした女だった。蛇《へび》の鱗《うろこ》でできているかのような緑のドレスをまとい、エメラルドとオニキスをふんだんに使った豪華《ごうか》なネックレスとブレスレットを身につけている。

その褐色《かっしょく》の肌《はだ》は陶器《とうき》のようになめらかで、どことなく作り物めいていた。顔立ちも同じで、美しいのに、まるで人形のように生気がない。それでいて、その黒い瞳《ひとみ》だけはぎらぎらとはげしく燃《も》えているのだ。

まるで夜の世界からはい出てきたかのような奇妙《きみょう》な美女は、縛られているゼオの喉《のど》を軽くさわり、満足そうな笑《え》みを浮《う》かべた。

「ああ、いいわ。若《わか》くて、肌にはりがある。本当に申し分ないわ」

「……あ、あんたが、マダム・エリシャかよ?」

「ええ、そうよ。歓迎《かんげい》するわ、かわいいぼうや。よく私《わたし》の屋敷《やしき》に来てくれたわねえ。ああ、安心して。警察《けいさつ》なんかには渡《わた》さないから。なにしろ、ずいぶん長いこと、あなたのような子を待っていたのだもの」

「俺《おれ》のような……」

「ええ、そうよ。これまでもたくさんの泥棒《どろぼう》さんが屋敷に忍《しの》びこんできたけれど、どれも気に入らない人たちばかりだった。病気持ちだったり、歳《とし》を取りすぎていたり。その点、

きた。

「あなたは完璧《かんぺき》だわ。ああ、どうしましょう！　ひさしぶりだから、わくわくしてしまう！」

ねばっこく笑うマダム・エリシャは、美しくも恐《おそ》ろしく、ゼオはじわじわと怖《こわ》くなってきた。

「お、俺《おれ》を殺《ころ》す気か？　おい、やめろ！　お、お、俺に近づくな！」

「静かにして。私《わたし》は騒《さわ》がしいのはきらいなのよ」

「うるせえ！　とっととこの縄《なわ》をほどけ！　クソ！　だれか！」

わめきながら、ゼオは死《し》に物狂《ものぐる》いで暴《あば》れ、なんとか縄を解《と》こうとした。だが、椅子《いす》がガタガタ揺《ゆ》れるだけで、縄は少しもゆるまなかった。

マダム・エリシャの顔が不愉快《ふゆかい》そうにゆがんだ。

「残念ね。もう少しおしゃべりを楽しもうと思ったけれど、もういいわ。そのやかましさは我慢《がまん》ならないもの。ユーア、このぼうやの口をふさいでしまって。くれぐれも傷《きず》つけないようにね」

するりと、部屋の暗がりから気配をさせずに若《わか》い女が現《あらわ》れた。ガラス玉のようにうつろな目をした女は、ゼオの口にすばやく布《ぬの》を押《お》しこんで、声を封《ふう》じてきた。

うううっと、うめき声しかあげられなくなったゼオに、女はまたほほえんだ。

「ええ、そうよ。これでいいわ。大丈夫《だいじょうぶ》よ、ぼうや。あなたもすぐに、心地《ここち》よい静寂《せいじゃく》を愛するようになる。そうなるように、私がしてあげるから」

「むうううっ！」

「ああ、どうしましょ。そんなおびえた目をしないでちょうだい。いいこと？　これからあなたはすばらしい存在《そんざい》になるの。だれもがあなたの美しさを褒《ほ》めたたえ、あなたを手に入れたいと望むようになる。ああ、私の言っている意味がわからないのね？　わかったわ。ねえ、おまえたち、見せておやりなさい」

マダム・エリシャが声をかけると、どこからともなく数人の若者《わかもの》が現れ、次々とゼオの前に進み出てきた。男もいれば女もいた。人種もさまざまだったが、彼《かれ》らはそろって美しく、そして魂《たましい》が抜《ぬ》けたような目をしていた。

マダムが合図をすると、若者たちは恥《は》ずかしがるようすもなく、まとっていた服を脱《ぬ》ぎ捨《す》てた。

ゼオは目を見張《みは》った。

彼《かれ》らの体には一匹《ぴき》ずつ、なんとも色鮮《いろあざ》やかな蛇《へび》がはりついて、うねうねと身をくねらせて動いていたのだ。

最初は生きた蛇を体に巻《ま》きつかせているのかと思った。

だが、ちがった。

蛇は、若者《わかもの》たちの体、肌《はだ》の中に巣くっているのだ。

かかかっと、マダム・エリシャが金属的《きんぞくてき》な笑い声をあげた。

「私《わたし》はね、ぼうや、人間の体に蛇を移植《いしょく》することができるのよ。そうすることで、絶滅《ぜつめつ》しそうになっている蛇を助け、生きのびさせているの。……ずっと昔、アステカの蛇神《へびがみ》ケツァルコアトルと契約《けいやく》して、この力をもらったのよ。あの方は、自分の眷属《けんぞく》を助けたがっておられたから。力を手に入れてからずっと、私は若《わか》く美しい人間に蛇を棲《す》まわせている。ふふふ、知らないでしょうけど、蛇人間《へびにんげん》は、それは高値《たかね》で売れるの。一部のマニアやコレクターにね。私の財産《ざいさん》はそうやって築《きず》かれてきたのよ」

でもと、マダム・エリシャは大きく笑《え》みを浮《う》かべた。

「正直、見返りはどうでもいいの。蛇人間を増《ふ》やすことが、私の喜《よろこ》びなのだもの。彼らの美しい鱗《うろこ》を見て！　ああ、すばらしいでしょう！　どんな宝石《ほうせき》もかなわないきらめきだわ！　……さて、そろそろ始めましょう。あなたは野性的《やせいてき》な風貌《ふうぼう》をしていて、とくに気に入ったわ。だから、しばらくは売らずに私のそばに置いてあげる。大丈夫《だいじょうぶ》よ。一度蛇を棲まわせてしまえば、あなたの魂《たましい》は蛇の喜びに満たされることになるから」

助けてくれ！

布《ぬの》を押《お》しこまれた口で必死でさけぶゼオに、マダム・エリシャがゆっくりとかがみこんできた。その手には、いつのまにか、ぬらぬらと光る赤い蛇が握《にぎ》られていた。

闇《やみ》の狩人《かりうど》

ドイツ人のアロイス・フォン・グリュンブルグ伯爵《はくしゃく》は、狩《か》りが大好きだった。若《わか》いころはそれこそ世界中に足を運び、いろいろな動物を夢中《むちゅう》で狩ったものだ。

アフリカではサイと象《ぞう》とライオンを、ブラジルではアナコンダとワニを、北アメリカでは巨大《きょだい》な鹿《しか》ムースと大熊《おおぐま》を。

白熊《しろくま》を仕留《しと》めるため、北極に行ったことすらある。

アロイスの喜《よろこ》びと楽しみは狩りしかなく、それを優先《ゆうせん》させるために結婚《けっこん》もしなかった。

彼《かれ》の屋敷《やしき》は、彼が仕留めた獲物《えもの》の剥製《はくせい》で埋《う》めつくされていき、さながら博物館のようになっていった。

そうして年月は過《す》ぎていき、六十五歳《さい》となったアロイスは、伯爵の座《ざ》を若いいとこにゆずって、引退《いんたい》した。

領地《りょうち》と屋敷をいとこに明《あ》け渡《わた》すかわりに、アロイスは人里はなれた場所にある別荘《べっそう》をもらいうけた。これまでくらしてきた屋敷に比《くら》べれば小さなものだが、数人の召使《めしつか》いと過ごすには十分だ。それに、別荘のそばには森も湖もあり、存分《ぞんぶん》に狩りが楽しめるはずだった。

だが……。

嬉々《きき》として別荘に移《うつ》り住《す》んだアロイスだったが、すぐに退屈《たいくつ》に苦しめられるようになった。いざ銃《じゅう》を手にして森に入っても、見かける動物は兎《うさぎ》や狐《きつね》、鹿《しか》くらいなのだ。大物を狩ってきたアロイスにとっては、そんな生き物は狩る価値《かち》すらなかった。

もっと手応《てごた》えのある獲物がほしい。

焼けつくように思ったが、願いはかなわなかった。

アロイスはついには狩りに行くことすらやめてしまい、憂鬱《ゆううつ》に別荘内《べっそうない》に閉《と》じこもるようになった。

ある日、長年の悪友であるハンス・ヴィッケルセンがアロイスを訪《たず》ねてきた。アロイスを見るなり、ハンスはおどろきの声をあげた。

「おいおい、アロイス！　急に老けこんでしまったじゃないか！　いったい、どうした？　てっきり、毎日狩りをして楽しんでいるとばかり思ってたのに」

「ふん。ここには私《わたし》が狩るべき獲物がいないんだよ、ハンス」

アロイスは不機嫌《ふきげん》な顔で不満をぶちまけた。

「この私がいまさら狐くらいで喜べると思うかい？　兎を百羽仕留めたところで、なんの自慢《じまん》にもなりはしないよ」

「たしかに、きみには物足りないだろうなあ」

「そうなんだ。だからといって、昔みたいに外国に出かけていくほどの気力や体力はない。つくづく自分が老いぼれたと感じるよ。……屋敷《やしき》に残してきた剥製《はくせい》も、処分《しょぶん》されるらしい。いとこの細君が気味悪がっているそうだ」

「ふうん。きみの冒険《ぼうけん》のトロフィーだというのになあ。ものがわからない女っていうのは、いやだねえ」

「どうでもいいことさ。それより、この退屈《たいくつ》と憂鬱《ゆううつ》をどうにかしたい。このままではぼけてしまいそうだ」

「うん、そういう顔をしているよ。……よし。きみにとっておきの贈《おく》り物《もの》をしようじゃないか」

ふいにハンスは顔を寄《よ》せて、声をひそめてアロイスにささやいた。

「くわしくは話せないんだが、ぼくはとある秘密《ひみつ》クラブに出入りしているんだよ。怪《あや》しい者たちばかりが集まるが、刺激的《しげきてき》な遊びや楽しみを提供《ていきょう》してくれるので、ついつい足を運んでしまってね。いや、ともかく、そこで知り合った友人がおもしろいことを教えてくれたんだよ」

「おもしろい？」

「ああ。……注文屋というのがいるそうだ。頼《たの》むと、どんなものでも用意してくれるという。友人によると、これまで依頼人《いらいにん》の期待を裏切《うらぎ》ったことは一度たりともないそうだ。ほら、これが連絡先《れんらくさき》だ。ここに電話して、きみが仕留《しと》めたことのない動物を注文してみたらどうだい？　べらぼうに金はかかるみたいだが、それできみの退屈を追《お》い払《はら》えるなら、安いものだろ？」

「おいおい。もし、その注文屋が外国からめずらしい猛獣《もうじゅう》を密輸《みつゆ》してくるのだとしたら、それは立派《りっぱ》な犯罪《はんざい》だよ？」

「でも、きみは楽しめる。ちがうかい？」

「…………」

「とにかく、連絡先のこの名刺《めいし》は置いていくよ。電話が通じたとき、相手は煙突掃除屋《えんとつそうじや》を名乗るだろうから、七本の煙突《えんとつ》に黒いコウノトリが巣を作ってしまったと、まずそう言いたまえ。それが合い言葉になるそうだから」

そう言って、ハンスは帰っていった。

しばらく悩《なや》んだものの、アロイスは結局電話をかけてみることにした。ハンスの言葉を信じたわけではないが、もし注文屋とやらが大型《おおがた》の肉食獣《にくしょくじゅう》を連れてきてくれたら、きっと楽しめるだろう。

期待をこめて電話をかけたところ、二回のコールで応答《おうとう》があった。

「はい。こちら、煙突掃除屋《えんとつそうじや》のシュテファン・ケストナーです！　煙突掃除のご依頼《いらい》ですか？」

元気のいい明るい男の声だった。怪《あや》しい感じが少しもないことに、逆《ぎゃく》にとまどいながらも、アロイスは急いで合い言葉を言った。

「七本の煙突《えんとつ》に黒いコウノトリが巣を作ってしまったんだ」

とたん、電話越《ご》しでも相手の気配が変わるのがわかった。シュテファンという男は、静かに問うてきた。

「……失礼ですが、あなたのお名前をお聞かせいただけますか？　それに、どなたのご紹《しょう》介《かい》で、この番号をお知りになったので？」

「私《わたし》はアロイス・フォン・グリュンブルグ。この電話番号は、長年の友人であるハンス・ヴィッケルセンに教えてもらった」

「ああ、ヴィッケルセン男爵様《だんしゃくさま》にですか。失礼いたしました。ならば、はい、喜《よろこ》んでご注文を承《うけたまわ》りましょう」

「では、きみが注文屋なんだね？」

「はい。注文屋でございます。どのようなものでも、お客様がお望みのものをご用意してみせましょう。なんなりとおっしゃってくださいませ」

うながされて、アロイスは自分の望みを口に出した。

「……私は若《わか》いころから狩《か》りが好きでね。めぼしい動物やハンターがあこがれるような獲《え》物《もの》は、あらかた狩りつくしてしまったのだよ。だから、私が狩ったことがない動物を用意してほしい。そいつを近くの森に放して、狩りをしたいんだ」

「なるほど。獲物について、他のご希望はございますか？」

「できれば、気性《きしょう》の荒《あら》い肉食獣がいい。そのほうが楽しめるだろうから。それに頭がよく、狩《か》るのがむずかしいやつであれば最高だ」

「おまかせを。とびきり獰猛《どうもう》で、絶対《ぜったい》にお客様が狩ったことがない動物を用意いたしましょう。住所を教えてくださいませ。一週間ほどでお届《とど》けにあがります。そのときに代金として一万マルクをいただきます」

じつにスムーズに話は終わり、アロイスは呆然《ぼうぜん》としながらも受話器を電話にもどした。

「本当に……連れてきてくれるというのか」

心がわくわくとしてきた。プレゼントを待ちわびる子どもにもどったような気分だ。

「こうしちゃいられないな」

ずっと放っておいた愛用の銃《じゅう》を手入れするために、アロイスはいそいそと立ちあがった。


それからきっかり一週間後の夜、アロイスの別荘《べっそう》に人間が二人入れそうなほど大きな木箱が届けられた。

届けてくれたのは、スーツを着た小太りの男だった。丸眼鏡《まるめがね》をかけていて、いかにも陽気そうな顔をしている。

だが、アロイスのハンターとしての勘《かん》がすぐに告げてきた。この男は見た目よりもずっと危険《きけん》なやつだと。実際《じっさい》、丸眼鏡の下にある目は、狡猾《こうかつ》な山猫《やまねこ》そっくりだ。

警戒《けいかい》するアロイスに、男はにこりと笑った。

「グリュンブルグ様でいらっしゃいますね。どうもお待たせいたしました」

あの電話で聞いた声だった。

「では、きみがシュテファンか」

「はい。お会いできてうれしゅうございますよ。さて、時は金なりと申しますし、さっそく取り引きとまいりましょう。ご注文いただいた獣《けもの》は、こちらの木箱の中におります」

「うむ！　さっそく見せてくれたまえ！」

「では、まずこちらをどうぞ」

そう言って、シュテファンは細いナイフを差しだしてきた。

「こちらの木箱の錠前《じょうまえ》は特殊《とくしゅ》な造《つく》りとなっておりまして、お客様の血をしたたらせることで、開けられるようになっているのでございますよ」

「つまり、私《わたし》に血を差しだせと？」

「はい。ぜひお願いいたします。そうすることで、契約《けいやく》の証《あかし》ともなりますので」

「血で開く錠前《じょうまえ》とは、はじめて聞く。まるで黒魔術《くろまじゅつ》みたいだな。だが、それが流儀《りゅうぎ》というなら、従《したが》おう」

差しだされたナイフで指先を軽く切り、アロイスは錠前に数滴《すうてき》の血をしたたらせた。

どことなく心臓《しんぞう》のような形をした、銀色の大きな錠前は、血にふれたとたん、しゅっと、不気味に黒ずんだ。そして、シュテファンが言ったとおり、大きな音を立ててはずれ、地面に落ちたのだ。

すると、木箱が動きだした。見えない手でからくりが解《と》かれていくように、かたんかたんと、箱を作りあげている板が少しずつ螺旋状《らせんじょう》にずれていく。

やがて、大きな丸い穴《あな》が現《あらわ》れた。中は真っ暗で、何もいないかのように静かだった。

獣《けもの》の姿《すがた》を求めて、アロイスは思わず穴をのぞきこんだ。

その瞬間《しゅんかん》、奥《おく》の闇《やみ》の中に、背筋《せすじ》が寒くなるようなすさまじい牙《きば》と、真《ま》っ赤《か》に燃《も》える二つの目が現れた。同時に、強烈《きょうれつ》な血なまぐささと獣臭《けものくさ》さが、ぶわっとアロイスに吹《ふ》きつけてきた。

強い衝撃《しょうげき》を食らい、アロイスは後ろに倒《たお》れた。

そのまましばらく気を失っていたのかもしれない。

はっと我《われ》に返れば、シュテファンがこちらを心配そうにのぞきこんでいた。

「大丈夫《だいじょうぶ》でございますか、グリュンブルグ様？」

だが、アロイスは答えずに跳《は》ね起《お》きた。

「け、獣は？　やつはどこに行った？」

「森の中に逃《に》げこみました。やつはもうあの森の主です」

「……あれは、なんなのだ？　熊《くま》か？」

「いえいえ、熊でも狼《おおかみ》でもございませんよ。でも、名前を知るのはあとの楽しみにとっておかれるのがよいでしょう。お客様が狩《か》ったことがない獣、とだけお伝えしておきます。……いかがでしょう？　あの獣にご満足いただけましたか？　なんでしたら、別の獣をご用意いたしますが」

「……いや、あれでいい」

見えたのは牙と目だけだった。だが、十分だ。あれがとてつもなく凶悪《きょうあく》な生き物だと、肌《はだ》で感じた。

あれを狩《か》りたい。追いつめ、心臓《しんぞう》を撃《う》ちぬき、剥製《はくせい》にして飾《かざ》りたい。

ひさしぶりに狩りの情熱《じょうねつ》が燃《も》えあがってきて、アロイスは一気に若返《わかがえ》った気分になった。

「礼を言うぞ、シュテファン君。さあ、これが一万マルクの小切手だ」

「ありがとうございます。では、私《わたし》はこれにて失礼を。どうぞ狩りを楽しんでくださいませ」

もちろんだと、アロイスは大きくうなずいた。


翌日《よくじつ》から、アロイスは銃《じゅう》を持って森に入るようになった。

例の獣《けもの》の痕跡《こんせき》は、あちこちに残っていた。

狼《おおかみ》のものによく似《に》た、だが、はるかに大きな足跡《あしあと》。

無惨《むざん》に食い散らかされた鹿《しか》の死骸《しがい》。

戯《たわむ》れに噛《か》みさいたかのような木の枝《えだ》。

獣のねぐらを突《つ》きとめようと、アロイスはねばり強く足跡を追ってみたが、何度やっても途中《とちゅう》で足跡を見失ってしまった。

こいつは自分が追われていることを知っている。そして、足跡の隠《かく》し方《かた》も知っている。頭のいいやつだと、アロイスは獣の狡猾《こうかつ》さに感心した。

それならば毒餌《どくえ》はどうだろう？　罠《わな》で足止めはできないか？

アロイスはあれこれ試してみたが、この獣にはまるで通用しなかった。試行錯誤《しこうさくご》して作った数種類の罠はことごとくこわされ、毒餌の上にはごていねいにこってりと糞《ふん》がされていた。こちらをばかにしているかのような獣のしわざに、アロイスは地団駄《じだんだ》を踏《ふ》んだ。

「くそ！　なんてやつだ！」

ならば猟犬《りょうけん》で追いつめてみようと考えたが、それもだめだった。どんな犬を連れてきても、森に入ることすらいやがり、使い物にならなかったのだ。

訓練された猟犬ですら恐《おそ》れおののく獣。その姿《すがた》はいったいどんなものなのだろう？　こんな大きな足跡を残していくからには、相当大きいにちがいない。仕留《しと》めたら、剥製はどこに置こう？

目を光らせ、気配を殺《ころ》しながら、森を歩き回るうちに、アロイスの体はどんどんたくましくなっていった。日に日に活力がみなぎり、食欲《しょくよく》も若《わか》いころと変わらないほど旺盛《おうせい》に

なった。自分に強さと気力がもどっていることに、アロイスは非常《ひじょう》に満足だった。だが、ご機嫌《きげん》だったのはアロイスだけで、召使《めしつか》いたちは怖《こわ》がっていた。彼《かれ》らは夜な夜な獣《けもの》の遠吠《とおぼ》えを耳にしていたのだ。別荘《べっそう》の建物のまわりで、黒い大きな影《かげ》がうろついているのを見た者もいる。

仕事を辞めたいと言ってきた召使いから、その話を聞いて、アロイスはおどろいた。毎《まい》晩《ばん》ぐっすり眠《ねむ》っているせいか、遠吠えや獣の気配にはまったく気づいていなかったのだ。

「そうだったのか。……やつめ、私《わたし》の住まいに近づいてきて、こちらをおちょくっているのだな。昼間は私に追いかけさせ、夜は逆《ぎゃく》に私をねらっているつもりか。だとしたら、なんて大胆《だいたん》なんだ。……いいだろう。だったら、やつをここに招《まね》いてやろうじゃないか」

その考えを聞いた召使いたちは、必死でアロイスを止めようとした。だが、狩《か》りに酔《よ》いしれている老ハンターは聞く耳を持たなかった。

ついに、召使いたちは全員アロイスを見放し、別荘から逃《に》げるように出ていった。

もちろん、アロイスは気にもとめなかった。

「あの獣は私の獲物《えもの》だ。私のものだ」

頭の中にはそれしかなかった。

一人になったアロイスは、その日は一日、家の中で過《す》ごした。昼間のうちにたっぷりと睡眠《すいみん》を取り、夕方には分厚《ぶあつ》いステーキを焼いてかぶりついた。

そうして準備《じゅんび》をしっかり整えたあと、アロイスは別荘の扉《とびら》を大きく開け放った。

今夜、獲物をおびきよせる。この別荘そのものが、獲物をさそいこむ罠《わな》となる。そして、餌《えさ》はアロイス自身だ。

獲物は必ずやってくると、アロイスは確信《かくしん》していた。

やがて完全に夜になった。アロイスは電気はつけず、屋敷《やしき》のあちこちに小さなランタンを置いた。そして、自分は廊下《ろうか》の奥《おく》に椅子《いす》を置いてすわり、手に銃《じゅう》を握《にぎ》りしめて、ひたすら待った。

アロイスのいる場所にはランタンの明かりは届《とど》かず、完全に暗闇《くらやみ》に包まれていた。そのせいなのか、アロイスの五感はいっそう冴《さ》えていった。

今はあらゆる音、気配が手に取るようにわかる。そして、嗅覚《きゅうかく》も鋭《するど》くなっていた。夜風に混《ま》じって、血の臭《にお》いがするのを感じた。あの忘《わす》れがたい獣臭《けものくさ》さもだ。

近づいてきている。

ああ、家の中に入ってきた。

今、やつは階段《かいだん》の下だ。こちらを見あげ、うかがっている。

よしよし。階段をのぼりだした。もうすぐやつの姿《すがた》が見られる。

アロイスは目をぎらつかせながら、音を立てないように銃《じゅう》をかまえた。興奮《こうふん》で心臓《しんぞう》がはげしく高鳴り、体中に熱い血が駆《か》けめぐっていく。

やがて、それが姿《すがた》を現《あらわ》した。

ゆっくりと、階段を上がってきたのは、非常《ひじょう》に大きな獣《けもの》だった。全身は銀灰色《ぎんかいしょく》の毛でおおわれており、頭と下半身、長い尾《お》は狼《おおかみ》とよく似《に》ていた。だが、上半身はまるでゴリラのようにたくましかった。はちきれんばかりの筋肉《きんにく》で盛《も》りあがっているのだ。

その異様《いよう》に長く太い前脚《まえあし》には、これまたばかでかい手がついており、五本の指先にはどんなものでもやすやすと引きさけそうな鋭《するど》い爪《つめ》が生えていた。

こんな獣は見たことがなかった。正真正銘《しょうしんしょうめい》の化け物ではないか。

獣に目をうばわれ、アロイスは銃《じゅう》の引き金を引くことも忘《わす》れていた。

と、獣がアロイスに気づき、こちらを見た。赤く燃《も》える地獄《じごく》のような目が、アロイスをひたととらえる。

殺《ころ》す!

獣の殺意《さつい》がアロイスにびしびしと伝わってきた。

だが、その殺気《さっき》が、アロイスを正気にもどした。

こいつは生まれながらの狩人《かりうど》だ。だが、それは私《わたし》も同じだ! 仕留《しと》めてみせる!

猛然《もうぜん》と、獣がこちらに向かってきた。恐《おそ》ろしい速さでアロイスに迫《せま》ってくる。その胸《むね》に向けて、アロイスは銃を撃《う》った。それも、つづけざまに二発。

二発とも弾《たま》は命中し、獣はどおっと倒《たお》れた。

それでも、アロイスは気を抜《ぬ》かず、銃をかまえたまま獣をにらみつづけた。動物のしぶとさは目を見張《みは》るものがあると、長年の経験《けいけん》から知っていた。死んだと思って油断《ゆだん》していると、ふいに起きあがって飛びかかってくるやつもいるのだ。

だが、数分経《た》っても、獣はぴくりとも動かなかった。

「や、やった……」

アロイスはつめていた息をやっと吐《は》きだした。

仕留《しと》めたのだ。ああ、なんて大きさだ。完全に廊下《ろうか》をふさいでしまっているではないか。

とにかく、近くでもっとよく見てみたい。

なんとも言えない達成感に満たされながら、アロイスは椅子《いす》から立ちあがり、獣《けもの》のそばに近づこうとした。

だが、一歩踏《ふ》みだしたとたん、胸《むね》に強烈《きょうれつ》な痛《いた》みが走り、床《ゆか》に膝《ひざ》をついてしまった。息ができなかった。体から一気に力が抜《ぬ》けていく。

「なっ……」

自分の胸元《むなもと》を見て、アロイスは絶句《ぜっく》した。着ているシャツには大きな穴《あな》が二つあいており、そこから真《ま》っ赤《か》な血がじわじわと広がっているところだった。

この傷《きず》は銃《じゅう》によるものだと、すぐにわかった。

撃《う》たれた？　だが、いったいいつ？　それに、だれが自分を殺《ころ》そうとしたのだろう？

ああ、とにかく助けをよばなくては。このままでは死んでしまう。せっかく狩《か》りに成功《せいこう》したというのに、ここで死にたくない！

だが、体に力が入らず、アロイスは目の前が暗くなり、倒《たお》れてしまった。

次に目を覚ましたとき、アロイスは人の気配を感じた。数人の人物が家の中を、廊下《ろうか》を歩き回り、アロイスが仕留《しと》めた獣を取《と》り囲《かこ》んで、しゃべっている。

「た、助けて、くれ……」

必死で声をあげたところ、だれかが近づいてきて、アロイスをのぞきこんできた。

それは注文屋シュテファンだった。

シュテファンはアロイスににこりと笑いかけてきた。

「ああ、まだ息がございましたか。さすがライカンの主。それほどの傷《きず》を負いながら、すばらしい気力と強靱《きょうじん》さでございますね」

「シュ、シュテ……」

「お見事でございました、グリュンブルグ様。見事、ライカンを仕留められましたね。あ、あの獣はライカンというのでございますよ。俗《ぞく》に、狼人間《おおかみにんげん》ともよばれておりますが」

アロイスのけがの手当てをしようともせず、にこやかに話しつづけるシュテファン。この男は自分を助けるつもりがないのだと、アロイスは悟《さと》った。

絶望《ぜつぼう》を目に浮《う》かべるアロイスに、シュテファンがまたほほえんだ。

「ライカンを運びだすのに時間がかかりそうですし、グリュンブルグ様にもまだ猶予《ゆうよ》があるごようす。ということで、少しお話しいたしましょう。そのほうがグリュンブルグ様のお気持ちもすっきりするはずでございますから」

アロイスのそばに腰《こし》をおろしながら、シュテファンはしゃべりだした。

「人間はだれしも心に獣《けもの》を棲《す》まわせているものでございます。そして、狩《か》りに執着《しゅうちゃく》し、生き物の命をうばうことに喜《よろこ》びをおぼえる人間の心には、たいていは獰猛《どうもう》なライカンがひそんでいる。……私《わたし》が運んできた木箱をおぼえておられますか？　あれはとても特別なものでございまして。人間の心にひそむ獣に血肉を持たせて、この世に引きずりだす魔道具《まどうぐ》なのでございます。あの夜、グリュンブルグ様の血によって、箱は開かれ、あなた様のライカンはこの世に解《と》き放《はな》たれたのでございますよ」

目を見張《みは》るアロイスに、シュテファンは大きくうなずいた。

「もうおわかりいただけましたね？　そう。あのライカンは、あなた自身だったのでございます。だから、あなたが今、死に瀕《ひん》しているのも、まったく不思議なことではございません。あなたがライカンに命中させた弾《たま》は、同時にあなた自身を貫《つらぬ》いたのでございますよ。でも、なにはともあれ狩りを楽しめたということで、ご満足していただけましたよね？　おや、グリュンブルグ様？　聞いておられますか？」

だが、すでにアロイス・フォン・グリュンブルグは息をしていなかった。

シュテファンは肩《かた》をすくめて立ちあがり、ライカンを調べている仲間たちのもとへもどった。

「まだ運びだせそうにないのかい？」

「ああ、旦那《だんな》。あと数人よんでこないと、無理でさ。こいつはべらぼうに重い」

「では、急いでよびなさい。ぐずぐずしていては夜が明けてしまう」

「へい」

仲間に指示《しじ》を出したあと、シュテファンはライカンの死骸《しがい》をほれぼれとながめた。

「ああ、それにしても本当に見事なライカンだ。これなら依頼人《いらいにん》もきっと満足してくれるだろうね。ライカンの剥製《はくせい》がほしいという注文を受けたときは、正直あせったけれど、こうして無事に手に入って、本当によかった。しかし……」

ここで、シュテファンの目が冷たく光った。

「……ライカンはたしかに凶悪《きょうあく》だけれど、どちらかというと、ハンス・ヴィッケルセン男《だん》爵《しゃく》のほうがおぞましいかな。『ライカンになりそうな狩り狂《ぐる》いの人間をさがしている』と聞きつけるなり、大金と引《ひ》き換《か》えに、長年の友人をあっさり売《う》り渡《わた》したのだから」

あの男の心にひそむ獣《けもの》は、きっと水棲馬《ケルピー》だろうと、シュテファンは思った。

優美《ゆうび》でおとなしい馬の姿《すがた》で人をだまし、水の中に引きずりこんで餌食《えじき》にする魔獣《まじゅう》。友だち思いという皮をかぶった守銭奴《しゅせんど》ハンス・ヴィッケルセンには、ぴったりだ。

「今後、水棲馬をほしがるお客様がおいでになったら、ぜひともあの男爵《だんしゃく》を使わせてもらうとしよう」

シュテファンのつぶやきは、静かに闇《やみ》の中に溶《と》けていった。

親友

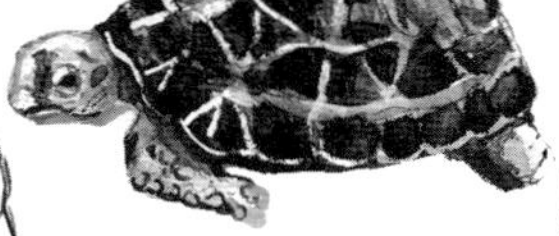

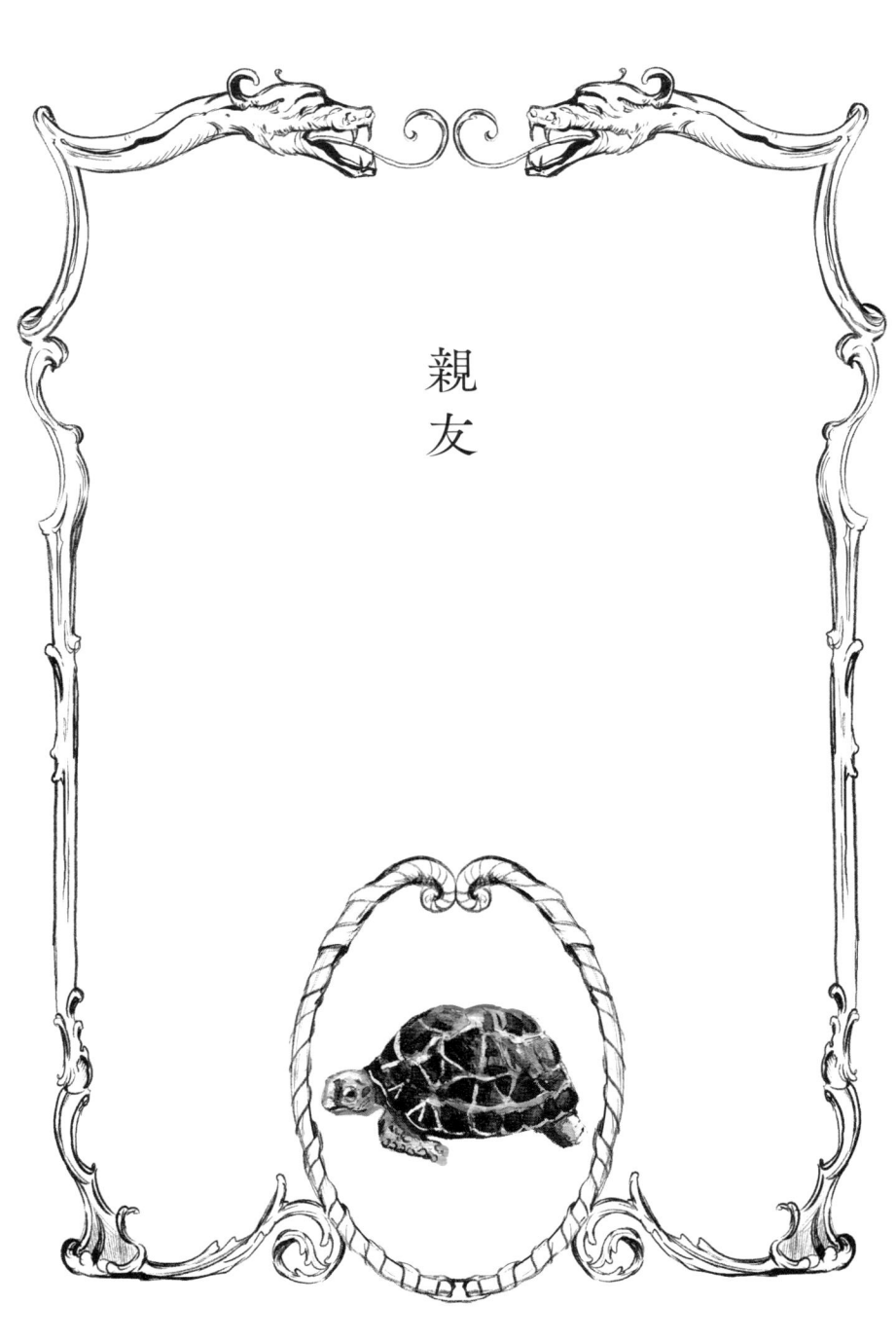

ぼくはジャック。七歳《さい》。

前は庭のあるきれいな家に、パパとママ、そして、亀《かめ》のエリックと住んでいたんだ。

エリックは、パパが連れてきてくれた。元気がよくて、黄色の甲羅《こうら》に黒い星模様《ほしもよう》がいっぱいついているから、エリック・スターって名前にしたんだ。

「この亀は小さいけれど、おまえよりずっと年上なんだよ。だから、とても物知りで、とてもかしこいんだ。おまえがちゃんとかわいがれば、親友になってくれるはずだよ」

パパの言ったとおり、エリックとぼくは大の仲よしになった。ぼくが声をかけると、いつだって甲羅から頭を出してくるし、ぼくのあとを子犬みたいについてきてくれるようになったんだ。

毎日が本当に楽しかった。

お休みの日は一日遊んでくれるパパ。

ママもいつも笑っていて、ぼくにキスして、おいしいお菓子《かし》を作ってくれた。

でも、ある日、パパが家に帰ってこなくなった。大きな事故《じこ》があって、お星様になってしまったんだって。

パパに会いたくて、ぼくはわんわん泣いた。そして、ママはぼくよりも泣いていた。何日も。何日も。

家の中がゴミでいっぱいになっていても、ママはベッドで、お酒ばかり飲んでいた。

ある日、親戚《しんせき》のおばさんがやってきた。ママのはとこだって言っていた。

そのおばさんは、マシンガンみたいな早口でしゃべった。

「こんな酒浸《さけびた》りになって！　このまましゃ死んでしまうわよ、テレサ！　あんたみたいな人を助けてくれる施設《しせつ》があるの。あたしが手続きをしてあげるから、しばらくそこに入ったほうがいいわ。大丈夫《だいじょうぶ》。あんたが留守《るす》のあいだ、ジャックはあたしが預《あず》かるから。でも、さすがにただで引き受けるのはむずかしいから、毎月、二百ドルもらうわね。旦那《だんな》さんの遺産《いさん》と保険金《ほけんきん》が入ったんなら、たいした額《がく》じゃないでしょ？　ああ、だめだめ！　子どもと別れたくないって言うけど、あんた、その子どもの面倒《めんどう》もみれない状況《じょうきょう》じゃないの。……ね、これはジャックのためなの。そう。ジャックのためなのよ」

おばさんの言葉に、ママはぐったりしながら、ついにうなずいた。

そのあとすぐ、ぼくはおばさんのアパートに連れていかれたんだ。

おばさんは言った。

「ジャック。あんたのママは心が病気なの。自分のことで手一杯《ていっぱい》なのよ。だから、ママが元気になるまで、あたしといっしょにくらすのよ。これはママのためなの。オーケー？」

ぼくはうなずいた。ママが病気だというのはわかっていたから。

さびしかったけど、元気になれば、ママはまたぼくを迎《むか》えに来てくれる。前みたいに、チョコチップクッキーを焼いて、絵本を読んでくれる。

ぼくはそう思った。

こうして、おばさんとぼくと亀《かめ》のエリックの三人ぐらしがはじまった。うん。もちろん、エリックは連れてきたよ。だって、ぼくの親友だもの。それに、だれもいない家にエリックだけをのこしていけないもの。

最初のうちはうまくやっていた。おばさんは料理はしなかったけど、いっしょに食べるデリバリーのごはんはけっこうおいしかったし、テレビだって好きなだけ見せてくれたからだ。亀のエリックのために、大きな水槽《すいそう》も買ってくれたから、ぼくはおばさんが仕事に出かけている間、できるだけいい子に過《す》ごすようにしていた。

「あんたはいい子ね。手がかからなくて、助かるわ」

おばさんはそう褒《ほ》めてくれた。

そう。ぼくらはけっこううまくやっていたんだ。

でも、おばさんにボーイフレンドができたとたん、ぼくらの毎日はおかしくなった。

そいつ、デニスは体が大きくて、怖《こわ》いやつだった。ぼくのことがきらいで、エリックのこともきらっていた。ぼくらを見ると、デニスは必ずこう言った。

「ガキと亀をどっかに閉《と》じこめておけ。見たくもねえ！」

おばさんはデニスの言いなりで、ぼくらをクローゼットに閉じこめるようになった。

「デニスが帰るまで、おとなしくしててよ。あとでペパロニピザを買ってあげるから」

ぼくとエリックは何時間もクローゼットで過ごすようになった。トイレに行かなくてもすむように、オムツをはかされて。

エリックがいたから、暗いクローゼットも怖くなかった。エリックを抱《だ》きしめながら、ぼくは目をつぶり、すてきなものばかり考えては遊んだ。

遊びの中では、ぼくは大きな国の王子様で、パパとママと幸せにくらしているんだ。す

ごいごちそうに囲《かこ》まれ、宝石《ほうせき》のおもちゃで遊んで。象《ぞう》みたいに大きくなったエリックに乗って、世界を旅したりもできる。この遊びをしていると、おなかがぺこぺこなことも、さびしいことも忘《わす》れられた。

エリックはおとなしくしていた。ずっとお日様の光に当たっていないから、エリックも弱っているみたいだった。それに、ぼくといっしょで、おなかがすいているはずだった。亀用《かめよう》のペットフードがなくなってしまったからだ。

おばさんに買ってきてほしいって頼《たの》んでいるんだけど、おばさんはいつも忘れる。だから、ぼくのごはんからエリックが食べられそうなものを、できるだけわけてやるしかなかった。

クローゼットの中では、ぼくの涙《なみだ》を飲ませてやった。泣くのはかんたんだった。ママのことを考えるだけで、涙はどんどん出てくるから。

ぼくの涙を、エリックはいつもゆっくりと飲んだ。その目はとても悲しそうだった。ぼくのことを心配してくれているんだと、ぼくにはちゃんとわかった。

ある日のことだ。ぼくらはいつもどおり、クローゼットの中だった。と、いきなりバタバタと、慌《あわ》てたような足音と話し声が聞こえてきた。外に出かけていたデニスとおばさんが帰ってきたんだ。

でも、二人ともようすが変だった。「しくじった！」とか「このままじゃやばい！」とか、デニスの声が聞こえた。おばさんの声もした。

「逃《に》げるなら、あの子も連れていかないと！」

「冗談《じょうだん》じゃない。あんなガキ、置いていくに決まってんだろ？　足手まといだ」

「じゃあ……せめて、あの子の母親に連絡《れんらく》させて。あの子を迎《むか》えに来させるから」

「そんな暇《ひま》あると思ってんのかよ。ほら、荷物をまとめろ！　急げ！」

ぼくはふいに体に力がみなぎるのを感じた。おばさんがぼくのママのことを言ったからだ。

デニスのことも忘れて、ぼくはクローゼットから飛びだして、おばさんに駆《か》けよった。

「ママ？　ママが来てくれるの？　いつ？　ぼく、帰れるの？」

「うるせえ！」

ぐいっと、ものすごい力で首をつかまれ、ぼくは後ろにたたきつけられた。息ができなくなって、目の前が真っ暗になった。

そして……。

気づいたら、ぼくは病院のベッドに横になっていたんだ。強そうなおまわりさんがそばにいて、ぼくが目を覚ましたことを喜《よろこ》んでくれた。

でも、ぼくは怖《こわ》かった。おまわりさんは知らない人だったし、頭もずきずき痛《いた》くて、怖くてたまらなかった。

ぼくが震《ふる》えていると、おまわりさんが小さな箱を差しだしてきた。

「本当は病院にペットはいけないんだけどね。きみたちは特別だよ」

ウインクしながら、おまわりさんはそう言った。

ぼくは箱をのぞきこんで、声をあげてしまった。

「エリック！」

箱にはエリックがいた。幸せそうにしゃくしゃくとリンゴを食べている。

「やっぱり、それはきみの亀《かめ》なんだね？」

「うん！　ぼくの友だち！　エリック・スターって言うんだ」

「そうか。……じつはね、きみを助けたのは、このエリックなんだよ」

びっくりするぼくに、おまわりさんはゆっくりと話してくれた。

「きみがいた部屋の下には、マーチさんっていう人が住んでいる。あの日、マーチさんは物音に悩《なや》まされていた。朝から何時間も、上からドン、ドンって、何かが床《ゆか》に落ちるような音がつづいていたからだ。我慢《がまん》できなくなったマーチさんは、静かにしてくれと言うために、上の階に行った。そして、開けっ放しのドアの向こうに、きみが倒《たお》れているのを見つけたんだ」

頭から血を流して倒れているぼくを、マーチさんは急いで助けようとした。そして、ぼくのそばにエリックがいることに気づいたという。

「マーチさんはとてもおどろいたそうだよ。なにせ、この亀は後ろ足で器用に立ちあがっては、床《ゆか》に倒れこむというしぐさをつづけていたからね。そうだよ。ドンドンという音を立てていたのは、亀だったんだよ」

「エリックが……」

「そう。きっときみのためだ。きみを助けたくて、エリックは何時間もあきらめずに、人をよぼうとしたんだろう。……亀《かめ》がそんなことをするなんて、信じられないことだけれどねえ」

そのあとも、おまわりさんは「これは奇跡《きせき》だよ」とか「たくさんの人が、きみたちに感動しているんだよ」とかしゃべっていたけれど、ぼくは聞いていなかった。ぼくはじっとエリックだけを見ていたんだ。

ぼくのヒーロー。ぼくの親友。

「この亀は小さいけれど、おまえよりずっと年上なんだよ。だから、とても物知りで、とてもかしこいんだ。おまえがちゃんとかわいがれば、親友になってくれるはずだよ」

ふいにパパの声がよみがえってきた。

ぼくは「パパの言うとおりだったよ」と思わずうなずいた。

さてと、おまわりさんは笑った。

「きみが助かって本当によかった。悪党《あくとう》どもの逮捕《たいほ》は警察《けいさつ》にまかせて、きみはゆっくり休むんだ。何かほしいものがあれば持ってきてあげるよ。何がほしい？」

「……マ、ママに会いたい」

「きみのママはこっちに向かっているところだよ。入院していた施設《しせつ》の手続きに手間取ってしまったけれど、あと三十分もしないうちに着くはずだ」

「ほんと!?」

「ああ。きみのママも、もうだいぶよくなっているそうだよ。……きっと、きみたちはまたいっしょにくらせると思うな」

おまわりさんの言ったとおり、そのあとすぐにママが部屋に飛びこんできた。ママは泣いていたけれど、前に見たときより元気そうだった。

ぼくたちはぎゅっと抱《だ》きしめあって、何時間もいっしょに過《す》ごした。

そして……。


結局、おばさんとデニスは逃《に》げたまま、見つからなかった。

でも、ぼくは気にしてない。

今日、ぼくとエリックはママといっしょに家に帰るから。

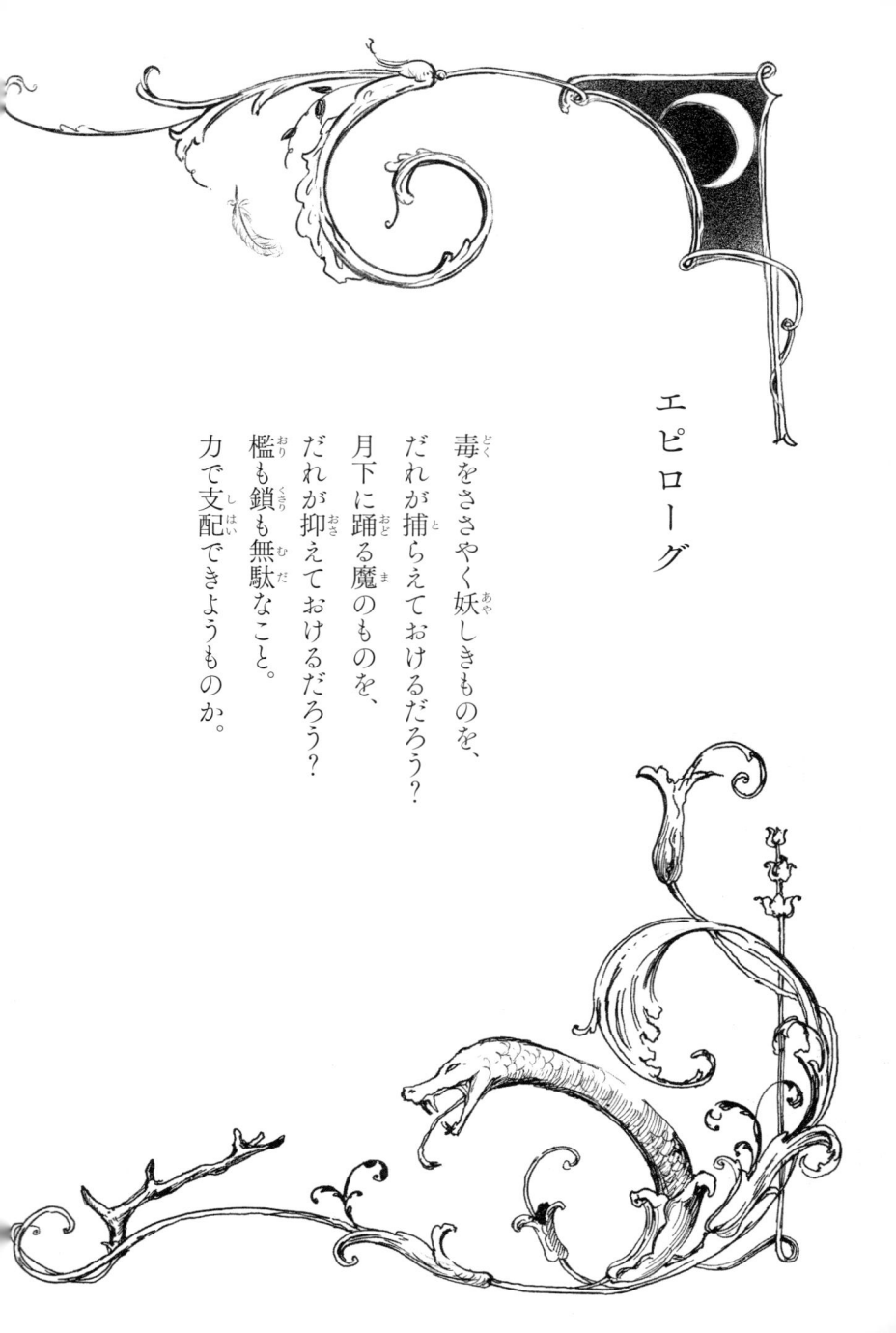

エピローグ

毒《どく》をささやく妖《あや》しきものを、
だれが捕《と》らえておけるだろう？
月下に踊《おど》る魔《ま》のものを、
だれが抑《おさ》えておけるだろう？
檻《おり》も鎖《くさり》も無駄《むだ》なこと。
力で支配《しはい》できようものか。

妖鳥《ようちょう》の翼《つばさ》、魔獣《まじゅう》の爪《つめ》は、
ほら、あなたの後ろに忍《しの》びよる。
もうだれも逃《に》げられない。

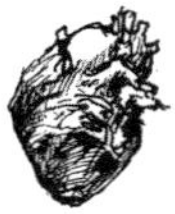

作者　廣嶋玲子（ひろしま・れいこ）

横浜生まれ。第四回ジュニア冒険小説大賞の『水妖の森』（岩崎書店）でデビュー。主な著作は、『妖花魔草物語』「鬼遊び」シリーズ（小峰書店）、「魔女犬ボンボン」シリーズ（角川書店）、「ふしぎ駄菓子屋銭天堂」シリーズ（偕成社）、「十年屋」シリーズ（静山社）、「秘密に満ちた魔石館」シリーズ（PHP研究所）。『狐霊の檻』（小峰書店）で「第34回うつのみやこども賞」受賞。

◆

画家　まくらくらま

「埃臭い画」をテーマに、デジタルとアナログを併用しながらヨーロッパアンティークを彷彿とさせる作品を制作している。主な著作は、『不思議なアンティークショップ　まくらくらま作品集』（パイ インターナショナル）、「カトリと眠れる石の街」シリーズ装画（講談社）、『妖花魔草物語』（小峰書店）。その他、フェリシモやWB（ハリー・ポッター）との商品コラボ等。

◆

Sunnyside Books

妖鳥魔獣物語

2025年3月15日　第1刷発行

作　者……………廣嶋玲子
画　家……………まくらくらま
装　丁……………大岡喜直（next door design）
発行者……………小峰広一郎
発行所……………株式会社小峰書店
〒162-0066　東京都新宿区市谷台町4-15
TEL　03-3357-3521
FAX　03-3357-1027
https://www.komineshoten.co.jp/
印　刷……………株式会社精興社
製　本……………株式会社松岳社

ISBN 978-4-338-28729-6　NDC 913　197P　20cm